HARD-SEQUENCES: ZORNESBLUT

HARD-SEQUENCES: ZORNESBLUT

THRILLER

DANIELA ARNOLD

BLUTIG. SPANNEND. REALISTISCH.

HARD-SEQUENCES.

Die neue Thrillerserie von den Besten ihres Fachs.
Jeder Fall in sich abgeschlossen.
Die Romane im Überblick:
Daniela Arnold: Zornesblut (1)
Melisa Schwermer: Schattenblut (2)
Martin Krist: Höllenblut (3)
André Milewski: Feuerblut (4)

Originalausgabe

März 2020

Autorin@daniela-arnold.com

Titelbild & Umschlaggestaltung:
Designomicon | Anke Koopmann
unter Verwendung eines Fotos von © ashadhodhomei / shutterstock
Korrektorat: Claudia Heinen
Layout: https://selfpublishingberatung.de
ISBN: 978-3-750287-30-3
Druck: epubli – ein Service der neopubli GmbH, Berlin

PROLOG

JETZT

»Dein Schatz hat wohl kalte Füße bekommen?«

Julia riss den Kopf herum, sah ihren Schwager an. Jan Bergmann war seit sechs Jahren mit ihrer jüngeren Schwester Sabrina verheiratet. Alles an ihm deutete darauf hin, dass man es mit einer Art Saubermann zu tun hatte. Jan war Arzt für Allgemeinmedizin und seit circa zwei Jahren Teil einer größeren Gemeinschaftspraxis in der City. Er galt trotz seines jungen Alters von gerade mal 37 Jahren schon jetzt als Geheimtipp unter den Ärzten in und um Berlin und Sabrina wurde niemals müde, bei jeder Familienzusammenkunft zu erwähnen, wie unglaublich stolz sie auf ihren gut verdienenden Musterehemann war. Sabrina war zwar Julias jüngere Schwester, dennoch war sie, was ihr bisheriges Leben anging, deutlich reifer und gesetzter als Julia selbst. Sie hatte zuvor als Kindergärtnerin gearbeitet, es sogar zu ihren Single-

Zeiten tatsächlich hinbekommen, jeden Monat ein finanzielles Polster auf die Seite zu legen, während Julia sich aufgrund ihrer eher unregelmäßigen Einnahmen als freie Autorin von Monat zu Monat hangeln musste. Auch was ihren Geschmack am anderen Geschlecht anging, unterschied Julia sich extrem von Sabrina. Jan sah man den Saubermann sofort an. Und Sabrina hatte schon immer auf Typen wie ihn gestanden. Er trug die blonden Haare in der Mitte gescheitelt, versäumte es niemals, sich den Bart zu rasieren, trug selbst beim Einkaufen stets ein sauber gebügeltes Hemd mit Krawatte. Sebastian hingegen legte keinerlei Wert auf Äußerlichkeiten, wenn es um die eigene Person ging. Seine braunen Locken standen meist in alle Richtungen vom Kopf ab, verliehen ihm den Anschein, als sei er gerade eben erst aus dem Bett gekrochen, und was das Rasieren anging, war er auch eher nachlässig. Wobei Julia zugeben musste, dass sie es irgendwie mochte, wenn seine Bartstoppeln beim Küssen an ihrer Wange kratzten. Sie mochte auch seinen schrägen Kleidungsstil, den Sabrina abfällig als schlampig bezeichnete, wann immer sie allein waren. Sie seufzte, warf einen Blick auf ihre Armbanduhr. »Du scheinst vergessen zu haben, dass wir längst verheiratet sind«, erklärte sie schließlich und sah ihren Schwager gereizt an. »Kalte Füße fallen also aus, dafür ist es nämlich ein bisschen zu spät.« Sie wollte sich gerade umdrehen, um nach draußen zu eilen, als Jan sie am Arm zurück hielt. Er grinste. »Hab ich was falsches gesagt oder warum rennst du vor mir weg?«

»Ich hab eine nervöse Blase, was in Anbetracht dieser Situation wohl nicht gerade ungewöhnlich ist.«

Er hob die Brauen empor. »Okay, verstanden, aber was ist passiert, dass dein Mann zu spät zu seiner eigenen Trauung kommt?«

Julia stieß einen genervten Grunzton aus. »Woher soll ich das wissen?«

Sie sah zu Sabrina, die neben Mutter stand und verzweifelt zu versuchen schien, sie zu beruhigen. Julia schluckte, sah zu Jan auf. »Ich brauche eine Minute für mich, wenn du verstehst …«

Jan – ganz Gentleman – hob die Schultern und ließ sie los.

Erleichtert rannte Julia zur Toilette, atmete einen Augenblick lang durch. Sie ging nach draußen, sah sich nach Sebastian um.

Nichts.

»Arschloch …«, murmelte sie leise und machte sich auf den Weg zurück zu ihren Gästen. Sie setzte sich auf einer der freien Bänke schräg neben dem Altar, ignorierte nach Kräften die fragenden Gesichter der Anwesenden. Sie verfluchte sich in Gedanken dafür, dieser vollkommen überteuerten Feierlichkeit zugestimmt zu haben. Selbst Dr. Hambacher, CDU-Spitzenkandidat bei der kommenden Senatswahl und ein entfernter Freund ihrer Mutter, saß irgendwo unter den vielen Hochzeitsgästen.

Eigentlich hatte sie Sebastian bei einer intimen und kleinen familiären Feier auf dem Standesamt das Ja-Wort geben wollen, doch Sabrina hatte angemerkt, dass sie das Mutter nicht antun durfte. Daher hatte sie sich am Ende für beides entschieden. Klein und bescheiden vor ein paar Tagen und das pompöse Fest heute. Immerhin brachte auch ihre Schwester, was Mutter anging, das ein oder andere Opfer. Nach dem Tod von Vater waren sie, die beiden Mädels, alles, was Mutter noch hatte. Deswegen fuhren Sabrina und Jan auch beinahe jedes zweite Wochenende nach Usedom, um Mutter zu besuchen. Julia selbst würde sie auch gerne öfter besuchen, doch hatte sie bei Weitem nicht mehr die Bindung zu ihrer alten Heimat wie ihre Schwester. Sie schluckte, verdrängte die Erinnerung an früher, wandte sich ihrer Freundin Emily zu, die umwerfend aussah und eine Reihe hinter ihr saß. Sie trug ein dünnes hellgelbes Kleid, das ihren Teint super zur Geltung brachte und in tollem Kontrast zu ihrem vollen dunklen Haar stand. Ihre olivfarbene Haut hob sich von der Farbe des Kleides ab, ließ sie regelrecht erstrahlen, trotzdem erkannte Julia an den dunklen Ringen unter Emilys Augen, dass sie sich wegen irgendetwas große Sorgen zu machen schien. Kurz erwog sie, Emily gleich hier und jetzt danach zu fragen, doch schließlich sagte sie sich, dass – egal, was da vor sich ging – nichts so wichtig sein konnte wie ihre Hochzeit. Das Anliegen der Freundin musste einfach bis morgen warten. Schließlich hatte sie heute andere Sorgen.

Julia musste insgeheim zugeben, dass ihre Freundschaft momentan sowieso ein wenig angekratzt war. Das mochte daran liegen, dass sie während der Hochzeitsvorbereitungen nur angerufen hatte, wenn sie etwas von Emily brauchte. Und obwohl sie in den letzten Tagen – vielleicht sogar Wochen – immer mehr das Gefühl gehabt hatte, dass ihre Freundin etwas bedrückte, hatte sie es nicht über sich gebracht, sie danach zu fragen oder sich überhaupt mit den Problemen anderer zu befassen. Stattdessen hatte sie mehr oder weniger nur um sich selbst gekreist und war zu einem von diesen Frauen geworden, über die Emily und sie früher immer gelästert hatten. Julia atmete tief durch, griff nach Emilys Hand, drückte sie. »Alles klar?«

Ihre Freundin zuckte für den Bruchteil einer Sekunde zurück, nickte. Dennoch bemerkte Julia das Zögern. »Was ist denn mit dir?«, wollte sie wissen und bemerkte selbst, dass sie überhaupt nicht besorgt, sondern eher genervt, fast schon gereizt klang. Emily sah Julia fest in die Augen, räusperte sich. »Ist jetzt nicht wichtig«, stieß sie schließlich aus. »Du heiratest heute, lass uns das erst mal hinter uns bringen.«

Julia hob die Augenbrauen empor. »Hinter uns bringen? Was soll das denn heißen?«

»Sorry«, schickte Emily schnell hinterher. »Ich

wollte nicht …« Sie schluckte angestrengt. »Wo ist Sebastian überhaupt? Ist er etwa noch nicht hier?«

Julia schüttelte irritiert den Kopf. »Sag mal, hast du mir gestern und vorhin überhaupt zugehört?«

Sie sah Emily an, winkte ab. »Egal. Sebastian ist nach seiner Sauftour gestern Abend nicht nach Hause gekommen. Er war mit ein paar Kumpels unterwegs.«

»Er ist sicher nur versumpft und hat bei Chris gepennt.«

Julia schluckte, sah sich suchend um. Gerne hätte sie Emily erzählt, dass sie sich wirklich Sorgen um ihn machte. Vor allem auch deswegen, weil er in den letzten Tagen so extrem angespannt gewirkt hatte. Als sie plötzlich das vertraute Gesicht seines besten Kumpels in der Menge erkannte, spürte sie, wie ihr Innerstes sich verkrampfte. Sie sprang auf. »Und wie erklärst du, dass Chris hier ist und mein Mann nicht?« Sie stand auf, sah Emily an. »Ich geh mal schnell zu ihm rüber, okay?«

Emily nickte. Ihr Blick huschte in Richtung Tür. Julia bemerkte, dass ihre Freundin erneut erstarrte. Sie wusste, dass sie eigentlich darauf drängen sollte, zu erfahren, was genau in Emilys Leben los war, doch dafür hatte sie jetzt keinen Nerv. »Wo ist eigentlich Lea?«

»Bei den anderen Blumenmädchen. Deine Cousine wollte mit ihnen noch ein bisschen üben.«

Julia nickte, spürte, wie das Gefühl der Übelkeit in ihrer Magengegend von Sekunde zu Sekunde stärker wurde. »Ich muss erst mal meine Mutter beruhigen und Chris durch die Mangel nehmen.«

Emily nickte langsam, sah sie abwesend an. »Schon klar, lass uns später reden.«

Julia drehte sich um, sah, dass der Pastor, Andreas Nowac, bei ihrer Mutter und Sabrina stand und auf beide einsprach.

Sie ging zu ihnen, spürte, wie ihr bei jedem Schritt mehr und mehr der Schweiß ausbrach, obwohl es in der Kirche eiskalt war. Ihr viel zu enges Kleid tat sein Übriges dazu. Plötzlich hatte Julia Mühe zu atmen und fragte sich, ob das an dem eng anliegenden Oberteil lag oder daran, dass sie kurz davor stand, die erste Panikattacke ihres Lebens zu erleiden.

Sie bemerkte die Blicke der Anwesenden, die sie fragend und mitleidig zugleich musterten, und achtete darauf, nicht zu besorgt dreinzublicken.

»Wir müssten langsam mal anfangen«, erklärte Nowac ihr betreten und sah auf seine Schuhspitzen. Als er wieder aufblickte, verzog er das Gesicht. »Die nächste Trauung findet in weniger als einer Stunde nach der Ihren statt und wir sollen noch umdekorieren.«

Julia holte tief Luft, konzentrierte sich auf den Geistlichen, befahl sich in Gedanken, ruhig zu bleiben. »Mein Mann wird jeden Augenblick auftauchen und dann legen wir gleich los.« Sie sah ihre Mutter an, deren Augen bereits in Tränen schwammen. »Sebastian war gestern noch mit seinen Jungs unterwegs, bestimmt hat er nur verpennt und braucht deswegen ein wenig länger.«

»Hast du noch mal versucht, ihn anzurufen?«, wollte Sabrina wissen.

»Als ich es vor ein paar Minuten versucht habe, ging nur die blöde Mailbox dran«, gab Julia zurück. »Er vergisst ständig, das Ding über Nacht zu laden«, erklärte sie Nowac, der noch immer vor ihr stand und ganz bedröppelt vor sich hin starrte.

»Ich gehe mal zu Chris rüber und rede mit ihm, okay?«

Ohne auf Antwort zu warten, ließ sie die drei stehen, ging hocherhobenen Hauptes an den ersten beiden Reihen der wartenden Gäste vorbei, ignorierte Jans Grinsen, blieb schließlich vor Chris stehen.

»Er ist nicht da, mhm?«, fragte der und musterte sie … irgendwie lauernd.

Erst jetzt fiel Julia auf, dass seine Augen in dunklen Höhlen lagen und sein Gesicht aschfahl wirkte. Seltsamerweise hatte dieser Anblick etwas Beruhigendes an sich. Denn wenn Chris gestern Abend zu tief ins Glas geguckt hatte und heute deswegen mies drauf war, erklärte das ziemlich einleuchtend, weshalb Sebastian zu spät dran war. Wahrscheinlich war er in einem ähnlich desolaten Zustand und wollte ihr vor all den Leuten nicht so unter die Augen treten, verwendete mehr Zeit als üblich für sein Äußeres. »Alles in Ordnung mit dir?«, fragte sie daher etwas besser gelaunt und ignorierte seine rhetorische Frage bezüglich Sebastian.

»Ja, alles gut«, gab er zurück. »Ist bloß mein erstes Mal als Trauzeuge. Das kann einen schon etwas nervös machen.«

Plötzlich durchfuhr es sie eiskalt. »Du hast doch nicht etwa die Ringe vergessen?« Sie konnte nicht verhindern, dass ihre Stimme hysterisch klang.

Anstelle einer Antwort klopfte er auf die leicht ausgebeulte rechte Tasche seines Jacketts.

Sie lächelte erleichtert, warf ihm einen Luftkuss zu. »Was dagegen, wenn ich mich auf die Suche nach meinem abtrünnigen Ehemann mache?«

Er schüttelte den Kopf, starrte sie auf eine Weise an, die ihr unbehaglich war. Sie wandte sich um, ging auf den Ausgang zu, spürte, dass er ihr hinterherglotzte. Zu Unizeiten waren Chris und sie einmal liiert gewesen, doch diese Liaison hatte schon wenig später auf äußerst unschöne Weise geendet. Anschließend war Julia ihm lange Zeit ausgewichen, bis sie sich vor ein paar Jahren zufällig über den Weg gelaufen waren. Chris hatte sie seinem besten Kumpel Sebastian vorgestellt und so war am Ende eins zum anderen gekommen. Nur deswegen hatte sie Sebastians Bitte erhört und ihren Ex gebeten, dass er sie an ihres Vaters statt zum Altar führte.

Sie bemerkte, wie die Tür aufging und ein Typ hereinkam, den sie noch nie zuvor gesehen hatte. Er trug eine Lederjacke über seinem zerknitterten Hemd und sah aus, als gehöre er überhaupt nicht hierher. Konnte das einer von Sebastians alten Kumpels sein? Einen, den sie nicht kannte?

Er hatte einen Bluterguss auf der Wange, ein riesiges Pflaster auf der Stirn und sah aus, als sei er erst kürzlich in eine Schlägerei geraten.

Julias Herz setzte einen Moment aus. Steckte ihr Mann in Schwierigkeiten? Hatten sie sich etwa gestern ins Koma gesoffen und die Kontrolle verloren?

Kurz überlegte sie, auf den Typen zuzugehen und ihn direkt darauf anzusprechen, als sein Handy zu plärren anfing. Der Hit einer fast vergessenen deutschen Rockband ertönte. Trotzdem erinnerte sich Julia augenblicklich an den Namen der Sängerin. Tamara Danz. Sie war an Krebs gestorben, als sie noch keine 50 Jahre alt gewesen war. Ihr fiel auf, dass es mucksmäuschenstill um sie herum war und alle den Typen anstarrten. Flieg … Flieg … plärrte es weiter und Julia fragte sich, ob das ein böses Omen war. Und, falls dem so wäre, was bedeutete das dann? Dass sie weglaufen sollte? Dass Sebastian einer von den Typen war, die zum Zigarettenholen gingen und nie wieder auftauchten? Dass er wie ein Vögelchen davongeflogen war und sie mit dieser ganzen Scheiße jetzt alleine dastand?

Der Typ zog sein Handy hervor, warf einen Blick darauf, steckte es zurück in die Tasche.

Ein leises Raunen ertönte, die ersten Orgeltöne des Sommernachtstraums von Felix Mendelssohn Bartholdy erklangen.

Julia erstarrte. Was zum Teufel sollte das denn?

Wollten die etwa ohne den Bräutigam anfangen?

Langsam drehte sie sich um, sah zu Chris. Der hob die Schultern, sah sie düster an.

Ihr Blick wanderte zu Emily, die aussah, als hätte sie einen Geist gesehen.

Was zum Geier war hier nur los?

Sollte das nicht eigentlich der schönste Tag in ihrem Leben sein?

Sie sah an sich hinab, fühlte sich in dem viel zu engen Spitzenkleid plötzlich merkwürdig fehl am Platz. Das alles entpuppte sich als eine Katastrophe, doch noch viel schlimmer war, dass sie tief in ihrem Innern spürte, dass alles noch viel übler werden würde.

Sie schnappte nach Luft, als sie hörte, wie hinter ihr die Haupteingangstür aufschwang. Ein Lufthauch strich über ihren nackten Rücken, ließ sie erzittern.

Sie schloss die Augen, betete im Stillen, dass es Sebastian war, der zwar viel zu spät, aber immerhin endlich eingetrudelt war.

Schreie ertönten.

Sie bemerkte diesen eigenartigen Geruch.

Metallisch.

Schwer.

Übelkeit erregend.

Erschrocken riss Julia die Augen wieder auf, sah, wie die Menschen von den Bänken aufsprangen und wild durcheinanderriefen, aus den Reihen in die Mitte des Raums strömten. Ihre Mutter starrte vollkommen entsetzt an ihr vorbei, schlug die Hände vor den Mund zusammen.

Langsam und wie in Trance drehte Julia sich um.

Erwartete mehr oder weniger, dass Sebastian genau wie der Schlägertyp von vorhin in seinen Klamotten von gestern und vollkommen verschrammt vor ihr stehen würde.

Niemals hätte sie auch nur ansatzweise erahnen können, dass es noch viel grauenhafter sein würde.

Ihr Blick fiel auf Lea, Emilys kleine Tochter, die mit weit aufgerissenen Augen in der Mitte des Hauptganges stand.

Das Kleid des Mädchens war von oben bis unten mit Blut besudelt.

Julias Magen zog sich schmerzhaft zusammen.

Ihr fiel auf, dass sogar die Haare und das Gesicht der Kleinen mit Blut beschmutzt waren.

Kleine Lichtblitze schossen schmerzhaft durch ihren Kopf.

Die Umgebung verschwamm vor ihren Augen.

Was hatte das zu bedeuten?

Sie registrierte, dass Emily an ihr vorbeirannte und auf Lea zustürzte.

Auch einige der anderen Gäste waren mittlerweile

bei dem Mädchen angekommen, redeten wild durcheinander auf das Kind ein.

In Julias Kopf vermischten sich die Gedanken zu einem wirren Brei.

Das alles ergab überhaupt keinen Sinn!

Und doch war da Emilys Tochter, die Blumen streuen sollte und stattdessen vollkommen verstört wirkte und schwer verletzt zu sein schien.

Und zu allem Übel war Sebastian immer noch nicht hier.

»Ihr fehlt nichts!«, vernahm sie eine weibliche Stimme wie aus weiter Ferne.

»Und wessen Blut ist das dann?«, kam es von Sabrina. »Wo ist überhaupt meine Tochter?« Julias Schwester klang panisch. »Wo ist Marie?«

»Ich guck mir die Kleine gleich mal genauer an«, rief Saubermann Jan dazwischen.

»Hast du mitbekommen, dass Marie nicht hier ist? Unsere Tochter? Was zum Henker geht uns da Emilys Kind an?« Sabrina klang, als würde sie jeden Augenblick überschnappen.

Julia schoss bittere Gallenflüssigkeit in den Mund hinauf.

Sie sah Chris an ihr vorbei auf die Menschenmenge zurennen.

Er wirkte panisch, so als ahne er bereits, was hier vor sich ging.

Ihre Beine gaben nach und sie konnte absolut nichts dagegen tun, dass sie zu Boden sank.

Ihr Hals verengte sich, sie bekam kaum noch Luft.

»Kind, was ist mit dir?«, vernahm sie die hysterisch klingende Stimme ihrer Mutter.

Julia wollte schon ansetzen, ihr zu sagen, sie solle sie nur in Ruhe lassen, doch es kam lediglich ein heiseres Krächzen aus ihr heraus.

Sebastian, ging es ihr durch den Kopf, während ihr noch schwummriger wurde, *dass du mich heute alleine gelassen hast, verzeihe ich dir nie …*

Dann endlich wurde es dunkel.

1

DAMALS ...

Die ersten Minuten kosteten Sandra alle Kraftreserven, die sie im Körper hatte. Ihre Muskeln begannen bereits zu zittern, ihr Atem ging nur noch stoßweise, der Schweiß lief ihr in Sturzbächen den Rücken hinab, sammelte sich oberhalb des Bundes ihrer viel zu eng gewordenen Jogginghose.

Sie war seit Monaten nicht gejoggt, genauer gesagt, seit dem Umzug in diese beschissene Einöde nicht mehr. Sie verstand nicht, was die Menschen dazu bewog, an diesen Ort zu kommen und Tausende Euro dafür zu blechen, hier ihren wohlverdienten Jahresurlaub verbringen zu dürfen.

Sie selbst hasste alles an dieser Insel. Die Leute, die hier lebten. Die Urlauber, die meinten, ihnen gehöre alles. Die gähnende Langeweile. Und der letzte Punkt wog am schwersten. Im Grunde ihres Herzens war sie seit jeher eine Großstadtpflanze. Und ein wesentlicher

Teil ihres Herzens gehörte nun mal ihrer alten Heimat Berlin. Für manche Menschen mochte diese Stadt ein Drecksloch sein. Für Sandra jedoch war sie alles, wovon sie jemals geträumt hatte. Sie liebte Berlin über alles. Die Hektik, den Lärm, die schlechte Luft, das Gewimmel und Gewusel, sogar die verstopften Straßen und das stundenlange im Stau stehen auf den Fahrten von A nach B. Außerdem liebte sie die Menschen dort, deren lockere Art, durch den Alltag zu fliegen, den stetigen, leicht schnippischen Unterton, den der Berliner Dialekt mit sich brachte.

Was sie hier auf Usedom am meisten vermisste, war die Anonymität, die das Großstadtleben mit sich brachte. Hier auf dieser beknackten kleinen Insel kannte quasi jeder jeden. Eine winzig kleine Verfehlung und BINGO – alle wussten darüber Bescheid und tuschelten über einen. So war es, seit sie hier angekommen waren. Ihre Mutter litt seit Jahren an einer manischen Depression und konsultierte deswegen einen Psychiater, machte außerdem eine Psychotherapie und schon jetzt wusste jeder hier darüber Bescheid.

Hinzu kam, dass ihr Vater wegen seiner Alkoholsucht seinen Job verloren hatte – auch das war mittlerweile kein Geheimnis mehr. Jeder tratschte über jeden und Sandra kotzte es nur noch an. Schon ein paar Mal hatte sie kurz davor gestanden, ihre Klamotten zu packen und abzuhauen. Zurück nach Berlin, zu ihren alten Freundinnen und Freunden, zu all jenen, die sie respektierten und mochten, zu ihr standen und für sie da waren.

Doch hatte sie jedes Mal aufs Neue einen Rückzieher gemacht. Nicht nur wegen ihrer Mutter, die sie brauchte. Auch nicht wegen Vater, der die Tage sowieso nur durch einen Schleier aus Alkohol und Trübsal wahrnahm, sondern vielmehr wegen ihres kleinen Bruders. Er war derjenige, der unter dem Umzug am meisten litt. Seit er hier zur Schule ging, hatte er genau wie Sandra selbst Schwierigkeiten damit, sich umzugewöhnen und neue Freunde zu finden.

Tagein, tagaus saß er in seinem Zimmer und starrte Löcher in die Luft, schien sich zu fragen, womit er diese ganze Scheiße denn nur verdient hatte.

Sie selbst hatte wenigstens die Möglichkeit der Wahl. Sie war inzwischen knapp über achtzehn, könnte, wenn es hart auf hart käme, ihre Taschen packen und zurück nach Berlin gehen. Bestimmt würde sie bei ihrer besten Freundin Tascha unterkommen, könnte ihren Lebensunterhalt durch ein paar Abendjobs bestreiten.

Sandra bemerkte, wie durch ihren Gedankenfluss auch ihre Muskelgruppen neue Energie schöpften, ihr Atem gleichmäßiger wurde, und legte an Tempo zu. *Fürs Erste*, dachte sie, *wäre es schon mal ganz hilfreich, wieder über meine frühere körperliche Fitness verfügen zu können*. Sie musste ein paar Pfunde loswerden, vielleicht würde das ihrem angeknacksten Selbstbewusstsein wieder auf die Beine helfen. Sie konzentrierte sich auf den Waldweg vor sich, achtete darauf, im Fluss zu bleiben, ignorierte ihre innere Stimme, die ihr sagte, dass sie sich hier nicht auskannte und lieber umdrehen sollte. Ganz davon zu schweigen, dass es inzwischen dämmerte und keiner hier war, der sie im Fall der Fälle hören würde und ihr zur Hilfe käme.

Als sie wenige Minuten später zu einer Weggabelung kam, entschied sie, dass es an der Zeit war, den gleichen Weg zurück zu nehmen. Sie sah auf die Uhr, freute sich, dass sie schon über eine dreiviertel Stunde gelaufen war, schrieb diesen Erfolg ihrem Pluskonto zu. Dieses sah im Moment sowieso total mies aus. Sie hatte sich gestern mit ihrer Mutter gestritten, ihren Vater dabei beobachtet, wie er sich vollgekotzt hatte – alles Punkte, die sie dem Minuskonto zuordnete. Genau wie die Aktion heute in der Schule.

Paul … Dieser Vollpfosten … Allein beim Gedanken an ihn wurde Sandra schlecht. Er hatte sie vor einigen Tagen zum Essen eingeladen, worauf sie nicht eingegangen war. Die Abfuhr musste ihn so verärgert haben, dass er sich seither sprichwörtlich an ihr festgebissen hatte wie ein tollwütiger Pitbull. Er stellte sie öffentlich bloß, schikanierte und demütigte sie, setzte Gerüchte in die Welt, machte selbst vor ihrem familiären Desaster nicht halt. Irgendwoher musste er erfahren haben, was mit ihrer Mutter los war und wurde es seither nicht müde, jedem davon zu erzählen, selbst jenen, die es gar nicht wissen wollten.

Sandra seufzte, spürte, wie ihre Muskeln langsam dichtmachten. Das war so typisch für sie. Sobald unangenehme Gedanken in ihrem Kopf auftauchten, eine dunkle Vorahnung Besitz von ihr ergriff, schlug sich das auf alles nieder. Auf ihren Appetit. Auf ihre Schlafgewohnheiten. Auf ihre Fitness.

Sie stutzte, als sie bemerkte, dass ihr in etwa zwanzig Metern Entfernung ein Jogger entgegenkam. An sich nichts Verwunderliches, bis auf die Tatsache, dass er eine Skimaske trug. Sie schob ihre Hand in die Tasche ihrer Jacke, suchte nach dem Klappmesser, das sie immer bei sich trug, seufzte erleichtert auf, als sie den kühlen Holzgriff spürte. Als der Typ auf ihrer Höhe war, sah sie ihn an, nickte zum Gruß. Er ignorierte sie, rannte weiter und gerade, als Sandra aufatmen wollte, spürte sie einen harten Stoß im Rücken. Sie konnte nichts dagegen tun, dass sie mit dem Gesicht voraus auf den harten Waldboden knallte, schaffte es durch das Überraschungsmoment nicht einmal, ihr Gesicht vor dem Aufprall zu schützen oder um Hilfe zu schreien. Der Geschmack nach Blut füllte ihren Mund aus. Sie würgte und wimmerte, doch wirklich etwas tun konnte sie nicht. Alles war so schnell gegangen. Durch den Nebel in ihrem Kopf spürte sie, wie der Typ an ihr herumriss, ihr die Hose über den Hintern zerrte, ihre Haare packte und daran zog. Sie stöhnte vor Schmerzen, als sich ein paar ihrer Haarbüschel auf schmerzhafte Weise verabschiedeten, versuchte krampfhaft, hinter sich zu greifen und den Irren abzuwehren, hatte jedoch keine Chance. Seltsam an der ganzen Sache war, dass sie überhaupt keine Angst mehr hatte. Sie wusste, dass dies eine Situation war, die sie das Leben kosten konnte, doch das ließ sie merkwürdigerweise vollkommen kalt. Stattdessen machte sich in ihrem Innern ein Gefühl der absoluten Hilflosigkeit breit, das innerhalb von Nanosekunden zuerst in kalte Wut und danach in Hass umschlug. Und genau dieser Hass war es, der ihr einen so heftigen Adrenalinstoß versetzte, dass sie es irgendwie doch schaffte, sich mit einem Schwung auf den Rücken zu drehen. Sie schlug nach oben, doch der Typ lachte nur, umfasste ihre Unterarme mit seinen Händen, hielt sie ohne großen Kraftaufwand fest, drückte sie auf den Boden zurück. Er ließ mit einer Hand von ihr ab, hielt ihre Unterarme mit der anderen umklammert, fummelte an ihrer Hose, schnaufte dabei und gluckste auf merkwürdige Art. Es dauerte eine Weile, ehe Sandra klar wurde, dass er sie auslachte. Wieder schoss eine Welle des Zorns durch sie hindurch, verlieh ihr einen weiteren Energieschub. Sie schaffte es, eine Hand aus seiner Umklammerung zu reißen und griff blitzschnell in ihre Jackentasche, zog das Klappmesser hervor, ließ es aufschnappen. Als der Typ sein Gesicht zu ihrem hinunterbeugte und ein weiteres dreckiges Lachen ausstieß, sah sie rot. Sie bündelte ihre letzten Kraftreserven, holte aus, stach mit voller Wucht zu – direkt in seinen Hals hinein. Ein Schrei durchbrach die Stille des dämmerigen Waldes. Dann roch sie es. Den Gestank nach Tod.

Als ihr Großvater gestorben war – der Krebs hatte ihn zerfressen – hatte es in den letzten Tagen seines Lebens in seinem Krankenzimmer genauso gerochen.

Nach Schweiß, Blut, Angst und Exkrementen.

Der Typ hatte von ihr abgelassen, schrie immer noch, lag in komisch verdrehter Position neben ihr, zuckte. Schließlich ging sein Gebrüll in ein Röcheln über, danach in ein Blubbern. Inzwischen war Sandra sicher, dass die Gefahr, die von ihm ausging, vorüber war.

Jetzt war er das arme Würstchen, das um sein Leben kämpfte, genau wie sie noch vor wenigen Sekunden. In Gedanken dankte sie Tascha, von der sie das Messer zu ihrem sechzehnten Geburtstag bekommen hatte. Sie hatte es ihr geschenkt, weil sie auch in Berlin abends joggen gegangen war und ihre Freundin sie in Sicherheit wissen wollte. Kurioserweise war ihr aber in all den Jahren Großstadt nie etwas Ernsthaftes zugestoßen, hier in diesem Kaff jedoch schon nach wenigen Monaten. Sandras Hände zitterten, als sie sich dem Kopf des Angreifers näherten. Es war wie ein Zwang, aber sie musste wissen, um wen es sich handelte, wer ihr das angetan hatte. Sie packte den oberen Teil der Maske, zog so fest sie konnte.

Zuckte entsetzt zurück.

Keuchte.

Sie riss den Mund auf, doch kein Ton kam daraus hervor.

Das konnte … nein … das durfte nicht sein. Das war absolut unmöglich.

Und trotzdem ist es so, wisperte eine Stimme in ihrem Kopf.

Sie schluckte gegen die Enge in ihrem Hals an. Schnappte nach Luft.

»Du?«, brachte sie schließlich mühsam hervor. Sie starrte dem Typen in die Augen. Er glotzte zurück und Sandra bemerkte, dass er noch immer zuckte. Seine Lippen vibrierten leicht, als wolle er etwas sagen, doch es kam nur ein schwaches Stöhnen hervor.

Bittere Galle schoss in ihren Rachen, brannte wie Feuer. Sie würgte, spürte, wie ihr der Schweiß ausbrach.

»Was sollte das?«, fragte sie schließlich schwach. »Warum hast du das getan?«

Wieder ein Stöhnen. Ein Rascheln ertönte hinter ihr. Sie wich herum, riss panisch die Augen auf. »Was? … Ich verstehe nicht? …« Sie begann zu weinen. Und schließlich begriff sie.

Ihr Blick zuckte zu dem Sterbenden, der inzwischen in seinem eigenen Blut zu schwimmen schien. Dann auf das Messer, das achtlos neben seinem immer schwächer werdenden Körper lag. Sie begann zu zittern, wollte ihrem Instinkt folgend aufspringen und nur weglaufen, doch sie wusste, dass es zu spät war.

Viel zu spät.

Verzweifelt schüttelte sie den Kopf.

Starrte erneut auf den mittlerweile leblosen Körper vor sich auf dem Waldboden.

In die Augen des Toten, die ins Nichts gerichtet waren und trotzdem auf erschütternde Weise anklagend wirkten.

Himmel hilf, betete sie im Stillen.

Was hatte sie nur getan?

2

JETZT

Ein Quietschen weckte ihn. Augenblicklich hämmerte sein Herz so heftig in seiner Brust, dass ihm das Atmen schwerfiel. Er schnappte nach Luft, schluckte, stöhnte schmerzerfüllt. Sein Mund war ausgedörrt, seine Zunge pappte wie ein trockener Lappen am Gaumen fest, der Hals tat ihm weh. Und ebenso fühlte sich der Rest seines Körpers an. Seine Innereien rebellierten, in seinem Kopf stach es, als wäre ihm eine Zwei-Zentner-Last drauf geknallt, doch was das Allerschlimmste war – was seine Erinnerungen anging, herrschte gähnende Leere. Er wusste weder, wo er sich befand, noch, wie er an diesen schrecklichen Ort gekommen war. Und vor allem konnte er sich keinen Reim darauf machen, wer ihm so etwas antun sollte. Er hatte in seinem ganzen Leben nie jemandem etwas zuleide getan, niemals Ärger mit der Polizei gehabt, ja, noch nicht einmal eine Katze überfahren. Er trank nur zu besonderen Gelegenheiten, nahm keine Drogen, verdiente sein Geld auf ehrliche Weise. Was also hatte er getan, um so etwas zu verdienen? Er versuchte, trotz der Dunkelheit, die um ihn herum herrschte, ihn einhüllte und zu ersticken drohte, etwas zu erkennen, doch durch das furchtbare Hämmern in seinem Schädel und diesen rasenden Schmerz fiel ihm sowohl jeder Gedankengang schwer als auch die Fähigkeit, seine Augen zu öffnen und sich umzusehen.

Wieder das Quietschen, danach ein leises Knarren.

Waren das Schritte, die näher kamen? Panik schoss durch seine Adern. Sein Körper begann plötzlich zu zucken und es dauerte einige Sekunden, ehe ihm klar wurde, dass dies dem Adrenalin zuzuschreiben war, das wegen der Furcht seinen Körper flutete. Der Fluchtreflex ließ seine Gliedmaßen vibrieren und erst jetzt bemerkte er den schrecklichen Schmerz an seiner Hand, das Stechen und Brennen, das ihm von einer Sekunde auf die andere die Tränen in die Augen trieb.

Wieder ein Knarren, ein leises Scharren, als würde jemand einen Zigarettenstummel auf dem Boden austreten. Und schließlich roch er es auch. Ganz in seiner Nähe schien tatsächlich jemand zu rauchen, was bedeutete … Entsetzt stieß er die Luft aus. Konnte absolut nichts dagegen tun, dass er zu zittern begann. Seine Zähne schlugen so hart aufeinander, dass er Sorge hatte, er könne sich ein paar von ihnen ernsthaft beschädigen oder gar ausschlagen.

Als wenn das einen Unterschied machte …

Die Stimme in seinem Kopf war angsteinflößender als alles, was er jemals zuvor gehört hatte. Sie war ein Teil von ihm. Der Teil, der längst schon begriffen hatte, in welcher ausweglosen Lage er sich befand. Jemand hatte ihn hierher gebracht. Und diese Person hatte ihm bereits Gewalt angetan. Sie hatte ihn … Hatte ihn … Plötzlich erinnerte er sich wieder an alles.

Ein Wagen hatte neben ihm gehalten. Der Fahrer hatte ihn um Hilfe gebeten und obwohl er ansonsten ein eher vorsichtiger Zeitgenosse war, hatte er sich in diesem Fall dazu hinreißen lassen, näher zu treten und dem Mann bei der Suche nach einer Straße in der Nähe zu helfen. Alles war so schnell gegangen. Er hatte sich zur Fahrerseite in den Wagen gelehnt, der Mann hatte ihm einen Schlag gegen die Schläfe versetzt, danach war da dieser Schmerz im Hals gewesen. Schließlich war er hier, in diesem dunklen Kellerraum wieder zu sich gekommen, hatte verzweifelt um Hilfe gerufen und geschrien, dass es sich um eine Verwechslung handeln müsse, doch es hatte nichts genützt. Er war zu ihm gekommen, hatte ihn mit einem teuflisch brennenden Spray lahmgelegt und dann … dann …

Verzweifelt drängte er diesen Teil der Erinnerung wieder beiseite. Es würde ihm nicht weiterhelfen, wenn er noch mehr in Panik verfiel, sich seiner Lage noch deutlicher bewusst würde. Was ihm stattdessen eine Chance böte, wenn auch eine winzig kleine, wäre, wenn es ihm gelänge, diesen Scheißkerl irgendwie zu überwältigen, sollte er ihm erneut zu nahe kommen.

Er zuckte zurück, als er ein seltsames scheppern vernahm. Komischerweise wurde ihm innerhalb von Sekunden klar, was genau das für ein Geräusch war. So hörte sich Metall auf Metall an, mit vielen kurzen Unterbrechungen dazwischen ... Ein harter metallischer Gegenstand, der über Gitterstäbe fuhr?

Unwillkürlich zuckte er zusammen, kroch auf allen vieren instinktiv von dem näher kommenden Geräusch weg, bis er mit dem Kopf hart gegen eine kalte und feuchte Wand stieß. Er rieb sich die schmerzende Stirn, drehte sich um, setzte sich mit dem Rücken zur Wand.

Schlagartig wurde es taghell.

Ein Schmerzensschrei entfuhr ihm, als der Lichtstrahl seine Augen traf. Es fühlte sich an, als würde sein Kopf explodieren. Reflexartig schirmte er seine Augen mit den Händen vor dem Lichteinfall ab, doch der Schmerz hatte ihn bereits voll im Griff. Er spürte, wie seine Lippen sich bewegten und ehe er es verhindern konnte, bettelte er darum, das Licht auszuschalten, weil dieser Schmerz neben Durst, Hunger und dem Gefühl, total verdreckt zu sein, einfach mehr war, als er für den Augenblick ertragen konnte.

Er vernahm ein Kichern, doch das Licht strahlte ihm nach wie vor mitten ins Gesicht. Inzwischen hatte er die Augen geschlossen, doch er nahm den Schmerz selbst durch die fest zusammengekniffenen Lider wahr.

Jemand kam näher. Er hörte die Schritte, das Geräusch von Schuhsohlen auf dem Boden, das leise Kratzen. Es jagte ihm eine Heidenangst ein.

»Bitte«, flehte er und verabscheute sich selbst dafür, dass seine Stimme weinerlich wie die eines kleinen Jungen klang. Doch so lapidar es auch klingen mochte, in genau diesem Augenblick fühlte er sich wieder so hilflos wie ein Kleinkind, verspürte den Drang, nach seiner Mutter zu rufen. Oder nach seinem Vater. »Bitte, lassen Sie mich gehen. Ich sage niemandem etwas und ich vergesse einfach, was bisher geschehen ist. Ehrlich. Ich will nur hier weg.« *Ich will nach Hause,* hallte es in seinem Kopf nach. *Nach Hause, nach Hause, nach Hause.*

Doch genauso groß wie sein Bedürfnis nach Schutz und Sicherheit war auch die Scham, die er für seine tiefgreifende Furcht verspürte. Er war ein erwachsener Mann. Groß. Kräftig. Selbstbewusst. Eigentlich. Doch heute ... gerade jetzt ... in diesem beschissenen Moment fühlte er sich nur klein und ausgeliefert, der Gunst und Gnade eines Mannes ausgeliefert, den er weder kannte noch einschätzen konnte.

»Wer sind Sie überhaupt? Und was wollen Sie von mir?« Seine Stimme hörte sich fremd in seinen Ohren an. Er bemerkte das Zittern darin. Die Unsicherheit und Panik. Und wenn er es schon selbst bemerkte, war davon auszugehen, dass dieser ... dieser Irre ganz genau wusste, wie es in ihm aussah und wie es um sein Nervenkostüm bestellt war.

Das Kichern ging in ein schallendes Lachen über.

»Wer ich bin und warum du hier bist, wirst du noch früh genug erfahren«, kam es schließlich von dem Mann, dessen Stimme hohl und blechern klang, und es dauerte eine Weile, ehe ihm bewusst wurde, was das bedeutete. Eine Welle der Erleichterung erfasste ihn. Die Stimme des Mannes klang verfremdet, was bedeutete, dass er ihn kannte und dass ihm daran lag, dass keiner – und schon gar nicht er selbst – ihn mit dieser Tat in Verbindung brachte. Und es bedeutete außerdem, dass, wenn der Wahnsinnige vorhätte, ihn zu töten, er sicher nicht darauf achten würde, dass er weder ihn noch seine Stimme erkannte. Er schluckte schwer. Na klar … Deswegen auch die Taschenlampe. Er blendete ihn, um zu verhindern, dass er etwas erkennen konnte.

Plötzlich spürte er den übermächtigen Drang, sich zu erleichtern. Er musste sich zusammenreißen, um nicht loszupissen, so wie er es vorhin bereits getan hatte. Stattdessen biss er die Zähne zusammen und sagte sich, dass das alles bald vorbei wäre, sobald sein Peiniger hatte, was er verlangte.

Die Frage war nur, was genau das sein konnte? Was könnte jemand von ihm haben wollen? Er besaß nichts Großartiges. Hatte keine Geldreserven oder Wertpapiere. Warum also wurde er hier festgehalten?

Die Schritte kamen immer näher und näher und

dann spürte er es. Einen sanften Stoß. Eine Schuhspitze, die gegen sein Schienbein stieß, als würde ihn jemand liebevoll foppen. Er bemühte sich um einen neutralen Gesichtsausdruck, sah nach oben. »Ich hab nicht viel, aber das, was ich auf dem Konto habe, könnte ich Ihnen heute noch überweisen.«

»Du denkst, ich will dein Geld?«

Die Stimme klang drohend. »Du glaubst wirklich, ich hab mir all das aufgebürdet, alles genau geplant und vorbereitet, weil ich es auf dein Hab und Gut abgesehen habe?«

Ein blechernes Seufzen erklang, er spürte einen harten Stoß auf Höhe seiner Rippen. Er sackte zusammen, hob flehend die Hände, damit er ihm nicht noch einen Tritt verpasste.

»Tut mir leid, ich wollte Sie nicht verärgern … Es ist nur so … seit ich hier bin, zermartere ich mir das Hirn wegen einer Erklärung für das alles. Ich muss wissen, warum Sie mir das antun.«

Stille.

Sekundenlang.

Minutenlang.

Schließlich wurde es dunkel. Das Licht war aus und deswegen nutzte er seine Chance, die Augen zu öffnen, um wenigstens etwas zu erkennen. Vielleicht konnte er an der Statur oder Körperhaltung des Mannes ausmachen, um wen es sich handelte.

Es dauerte eine Weile, ehe seine Augen sich an die Dunkelheit gewöhnt hatten, dann zuckte er zurück.

Als sein Verstand erfasst hatte, was seine Augen längst schon gesehen hatten, begann er zu schluchzen.

Er starrte in das unmaskierte Gesicht des Mannes.

Er war jung.

Keine dreißig – so viel war sicher.

Die Farbe seiner Augen konnte er nicht erkennen, doch die Kälte darin schon.

Und die Boshaftigkeit.

Der Mund des Typen zuckte amüsiert.

»Das hast du nicht erwartet, stimmt's?«

Er lachte. »Ich wette, du dachtest, dass du davonkommst, weil ich meine Stimme verfremdet habe. Du glaubtest, wenn ich mir schon diese Mühe mache, dann hat das sicherlich einen bestimmten Zweck und du kommst lebend hier raus.«

Seine Mundwinkel bogen sich nach oben, was seinem Gesicht etwas fratzenhaftes verlieh.

Der Mann schüttelte den Kopf, ließ seine Hand mit dem kleinen Kästchen darin in seiner Hosentasche verschwinden.

»Ich muss dich enttäuschen, mein Lieber«, sagte er mit gespieltem Bedauern und seiner realen Stimme. »Aber du wirst diesen Ort wahrscheinlich nicht mehr lebend verlassen. Und auf gar keinen Fall an einem Stück.« Der Irre zog die Hand wieder aus der Tasche und griff hinter sich, holte einen länglichen Gegenstand aus seinem Hosenbund hervor.

Als ihm bewusst wurde, dass das eine Gartenschere war, stieß er einen entsetzten Schrei aus, wollte zurückweichen, doch er saß ja schon direkt an der Wand.

Der Mann schüttelte belustigt den Kopf und trat näher, ging vor ihm in die Hocke. Er streckte seine linke Hand aus, wedelte mit der rechten, in der sich das Werkzeug befand.

»Gibst du mir deine Griffel freiwillig oder muss ich sie mir mit Gewalt holen?«

3

JETZT

»Wie geht es jetzt weiter?« Jan sah Julia düster an. »Hast du irgendeine Ahnung, wohin dein Mann mit unserer Tochter geflohen sein könnte?« Er holte tief Luft, sah zu seiner Frau. Danach wieder zu Julia. »Oder vielmehr, warum?«

»Was meinst du damit?« Julias Kopf schmerzte und ihr war übel. Seit sie in der Kirche umgekippt war, fühlte sie sich, als stünde sie kurz vor einem Herzinfarkt. Ihr Innerstes vibrierte, das Atmen fiel ihr schwer und mittlerweile war ihre Haut von einem feuchtkalten Schweißfilm bedeckt. Die Gäste hatten nach ihrem Zusammenbruch um Hilfe gerufen, doch wie es in Berlin so ist, kam der Rettungswagen erst, nachdem sie längst wieder auf den Beinen war. Der Arzt hatte ihren Blutdruck gemessen und ein EKG gemacht, ihr angeboten, zur Beobachtung mit ins Krankenhaus zu kommen, doch Julia hatte abgelehnt. Sie hatte Wichtigeres zu tun, als sich in einem Bett zu verkriechen, auch wenn sie sich mit jeder Faser ihres Körpers genau danach sehnte. Nach Ruhe und Frieden. Einfach die Decke über den Kopf ziehen und erst wieder hervorkommen, wenn alles vorbei war. Sie sah Jan an, schüttelte den Kopf. »Ich weiß genauso wenig wie du«, gab sie schwach zurück. »Sebastian ist gestern Abend gegangen und wusste nicht, was seine Kumpels geplant hatten. Er wollte mit ihnen um die Häuser ziehen und meinte, es würde spät werden. Er hat mir weder auf meine Nachrichten geantwortet, noch zurückgerufen. Und dann ist er eben auch nicht zur Trauung gekommen.«

»Und du hast keinen Schimmer, warum?«

Sabrina sah sie zweifelnd an. »Habt ihr euch gestritten? Hast du irgendwas Blödes zu ihm gesagt?«

»Du denkst, er kam nicht, weil er wütend auf mich ist?« Julia schluckte. »Und wie erklärst du das Blut? Und die Tatsache, dass Marie weg ist? Wie passt das zu dem Verschwinden meines Mannes?«

»Er könnte Drogen genommen haben. Kam zur Kirche. Sah das Gewimmel und diese Menschenmassen, bekam Panik. Vielleicht ist er gestürzt, deswegen das Blut auf Leas Kleid. Und Marie hat er mitgenommen, weil er durchgeknallt ist.«

Julia sog die Luft scharf ein. »Wenn es so wäre, wie du sagst, müsste er hier sein.« Sie stand vom Sofa auf, machte eine ausholende Geste. »Wo sollte er sonst hin, wenn nicht nach Hause.«

»Also hat es keinen Streit gegeben?« Julias Mutter sah sie ratlos an. »Vielleicht hat er wirklich die Nerven verloren und wollte das alles nicht mehr.«

»Wir sind doch schon verheiratet. Warum also sollte er gerade bei der Trauung, die an offizieller Stelle am wenigsten zählt, nicht auftauchen?«

Julia ließ die Worte in ihrem Innern nachhallen, stockte. Im Grunde stimmte es schon. Sebastian wollte genau wie sie eine kleine und überschaubare Feier nach dem Standesamt. Dieses überzogene Event heute hatte Julia einzig und allein ihrer Mutter zuliebe aufgezogen. War es möglich, dass Sebastian das alles zu viel wurde? Dass er tatsächlich was genommen und deswegen die Nerven verloren hatte? Doch wie passte Marie in diese Option? Wieso sollte er seine kleine Nichte, die er über alles liebte, da mit reinziehen? Und vor allem – wenn dem so war, wieso hielt er sich jetzt noch immer versteckt?

Sie seufzte, dachte an das Gespräch mit der Polizei, kurz nachdem der Rettungswagen wieder abgefahren war. Diese Polizistin hatte sie zu beruhigen versucht und doch hatte Julia kapiert, dass auch die Beamten in Sorge waren. Erstens wegen des vielen Bluts auf dem Kleid von Emilys Tochter. Zweitens wegen der Tatsache, dass Marie verschwunden war, und drittens wegen Sebastian. Er war noch nie mit dem Gesetz in

Konflikt geraten, doch auf Nachfrage hatte Julia zugeben müssen, dass er hin und wieder zu Drogen griff, um seine Sinne zu schärfen. Er hatte bereits mehrfach LSD ausprobiert, weil er gehört hatte, dass dieses Mittel die Konzentration steigern konnte. Gelegentlich nahm er auch Ritalin, um effizienter arbeiten zu können, doch Julia bezweifelte, dass eines dieser beiden Mittel dazu geführt hatte, dass Sebastian in einem Trip gefangen war und von allein nicht mehr herausfand.

Sie spürte, wie ihr erneut die Tränen in die Augen stiegen, sah ihre Schwester an. »Du weißt, dass er Marie über alles liebt. Er würde niemals etwas tun, das sie in Gefahr bringt.«

Sabrina nickte stumm, griff nach Julias Hand, drückte sie. »Das weiß ich. Trotzdem muss ich wissen, wo er ist. Denn selbst wenn er nichts mit Maries Verschwinden zu tun hat, könnte es doch sein, dass er sie hat weglaufen sehen.«

Julia nickte. Die Polizisten hatten Sabrina erklärt, dass Maries Verschwinden wahrscheinlich nur dem Schreck geschuldet war, den das Kind erlitten hatte, nachdem Sebastian oder wer auch immer, Leas Kleid beschmutzt hatte. Marie musste weggelaufen sein und sich versteckt haben, doch alle Versuche, das Mädchen zu finden, waren gescheitert. Als Nächstes wollte die Polizei die Bevölkerung um Hilfe bitten. Die Medien würden ab heute Abend kontinuierlich in den Nachrichten über Marie berichten, in der Hoffnung, dass jemand sie gesehen hatte. Außerdem wollten sie die Überwachungskameras in der näheren Umgebung der Kirche kontrollieren, die Leute befragen, nach Zeugen suchen.

Es würden zudem weitere Befragungen der geladenen Gäste folgen und die Forensik war gerade dabei, zu überprüfen, ob es sich bei dem Blut auf Leas Kleid um menschliches Material handelte.

Bis die Beamten zu ersten Ergebnissen kämen, hieß es nun, abzuwarten und Tee zu trinken, doch Geduld hatte noch nie zu Julias Tugenden gezählt. Deswegen tat sie seit Stunden nichts anderes, als im Kopf jede Möglichkeit, Sebastian zu finden, abzuwägen. Er konnte im Grunde überall sein, wenn tatsächlich Drogen im Spiel waren und er einen Aussetzer bekommen hatte. Möglich war außerdem, dass er in Schwierigkeiten steckte, wenn nicht gar in ernsthafter Gefahr schwebte. Allein das Blut war Hinweis genug, um auch in diese Richtung zu denken. Sie hatte mit der Polizei ausgemacht, dass – sollte sich herausstellen, dass es sich um menschliches Blut handelte – sie einen Kamm oder Zahnbürste von Sebastian ins Präsidium bringen würde, damit man schnellstmöglich nachprüfen konnte, ob es sein Blut war.

Leider war schnellstmöglich Julia noch immer viel zu langsam. Alles um sie herum drohte, zusammenzubrechen. Die Hochzeitsfeier war ins Wasser gefallen.

Ihre Mutter wandelte am Rande des Nervenzusammenbruchs. Sabrina und Jan zimmerten sich eine Verschwörungstheorie nach der anderen zusammen, inklusive Vorschlägen, was man selbst tun konnte, um Marie zu finden. Julia konnte das alles nicht mehr ertragen. Die Vorwürfe und bösen Blicke, die stumme Verachtung, die sie aus einigen davon herauslesen konnte.

Die Tragik war nur, dass Julias Impuls, die Sache selbst in die Hand zu nehmen, nicht so einfach war, wie es sich anhörte.

»Hast du gehört?«, bohrte sich Jans drängende Stimme in ihr Bewusstsein.

Sie sah auf, blickte in die besorgten Gesichter ihrer Mutter und Schwester. »Es ging gerade um Chris, den besten Kumpel deines Mannes«, klärte Jan sie auf. »Dir ist nicht aufgefallen, wie seltsam er sich in der Kirche verhalten hat?«

Julia sah ihren Schwager verwirrt an. »Was willst du damit sagen? Dass Chris etwas weiß?«

Er hob die Schultern. »Möglich wäre es doch oder nicht?«

»Ich hab mich die ganze Zeit über gefragt, was das soll«, mischte sich nun auch Sabrina selbst ein. »Er hat ununterbrochen zur Tür gestarrt. Hatte dabei einen angespannten Gesichtsausdruck. Im Grunde kam er mir wie eine tickende Zeitbombe vor. Und als anstatt Sebastian Lea reinkam, mit all dem Blut auf ihrem Kleid …« Sie brach ab, holte Luft. »Hat er irgendwas zu dir gesagt? Etwas, das dir komisch vorkam?«

»Ich hab in der Kirche mal kurz mit ihm gesprochen«, wandte Julia ein. »Er war total nervös, weil er noch niemals zuvor Trauzeuge gewesen ist …« Sie hielt inne, als ihr bewusst wurde, wie naiv sich das anhörte. Und dann fiel der Hammer. Sabrina hatte recht. Chris war seltsam gewesen. Aufgekratzt. Nervös. Weit mehr, als seine Trauzeugenaufgabe erklären würde. »Habt ihr ihn mit einem der Polizisten gesehen? Ich meine, haben die ihn auch befragt?«

Jan nickte. »Er war noch da, als die Kavallerie angerückt ist. Und ich erinnere mich, dass er zu dir gekommen ist und dich vollgequasselt hat. Das musst du doch noch wissen, sag mal!«

Julia hob die Schultern. »Ich war vollkommen durch den Wind. Alle redeten auf mich ein. Wie soll ich mich da noch erinnern, ob Chris darunter war und was genau er gesagt hat?« Sie seufzte. »Wenn ich nur wüsste, ob die Polizei etwas herausgefunden hat. Wenn er denen gegenüber auch so nervös war, haben die bestimmt etwas tiefer nachgebohrt …«

»Er hat mit der Polizei geredet, so viel steht fest, doch inwiefern die ihn durch die Mangel genommen haben, kann ich nicht sagen«, erklärte Jan.

Julia holte tief Luft. Sie riss ihr Handy aus der Tasche, wählte seine Nummer. Sie ließ es lange klingeln, doch es tat sich nichts. Schließlich schrieb sie ihm eine Nachricht, bat ihn, sich bei ihr zu melden. Sie stand auf, schüttelte den Kopf. »Ich kann das nicht mehr. Ich kann nicht hier sitzen und warten, während ihr alle mir das Gefühl gebt, es wäre meine Schuld, was passiert ist.«

»Das tut wirklich keiner«, sagte Clara, die Schwester ihrer Mutter, bestimmt. »Aber wir müssen gemeinsam nachdenken, inwiefern wirklich alles unternommen wurde, um aufzuklären, was hier vor sich geht.«

Bei den Worten ihrer Tante musste Julia unwillkürlich grinsen. Clara liebte Krimis und sie bezeichnete sich selbst gerne als Miss Marples Nachfolgerin, weil es ihr Steckenpferd war, die Zeitungen auf Meldungen zu durchforsten, um eigene Auflösungen für die verschiedensten Katastrophen zu finden.

»Was schlägst du vor?«, fragte Julia sie daher und hoffte, es käme zur Abwechslung mal was Nützliches aus einem der Münder der Anwesenden.

»Das Blumenmädchen«, erklärte Clara nachdenklich. »Ich hab mitbekommen, wie eine der Polizistinnen versucht hat, mit ihm zu reden. Vielleicht bekommst du mehr aus der Kleinen heraus. Du bist doch mit der Mutter eng befreundet, nicht wahr?«

»Wenn Lea etwas gesehen hat, wird sie es den Polizisten längst gesagt haben«, sagte Julia matt. »Ich hab wirklich keine Lust, mich auch noch von Emily durch die Mangel nehmen zu lassen.«

»Eine Chance besteht durchaus«, merkte Sabrina an. »Kurz nach dem, was in der Kirche passiert ist, herrschte absolutes Chaos. Die Polizei war da, dann kamen noch welche von der Spurensicherung, um das komplette Gebäude abzusperren. Lea hat alles live und in Farbe mitbekommen, klar, dass der Schock noch viel zu tief saß, um das Ganze verarbeiten, geschweige denn darüber reden zu können. Doch jetzt …« Sie brach ab, hob die Schultern. »Inzwischen sind ein paar Stunden vergangen, sie ist zu Hause, das Ganze konnte sich etwas setzen. Vielleicht schadet es wirklich nicht, wenn du hinfährst und mit ihr redest.«

Julia dachte über die Worte ihrer Schwester nach, nickte. Alles war besser, als weiter hier zu sitzen und die Hände in den Schoß zu legen. Sie ging ins Bad, sah in den Spiegel, schluckte. Zwar hatte sie sich sofort nach ihrer Ankunft aus dem Brautkleid geschält und war in ihr bequemes Alltagsoutfit geschlüpft, doch die kunstvoll vom Friseur ihres Vertrauens hochgesteckten Haare erinnerten noch immer daran, dass heute der schlimmste Tag ihres Lebens war. Sie riss sich die unzähligen Klammern aus der Frisur, unterließ es anschließend, sich zu kämmen, weil das bei dem Wirrwarr ihrer Haare auch schon egal war. Anschließend wusch sie sich das Make-up aus dem Gesicht, trocknete sich ab. Als sie wieder in den Spiegel blickte, erschrak sie. Ihre Augen lagen in dunklen Höhlen, hatten jeden Glanz verloren. Ihre Haut wirkte trotz des eiskalten Wassers gerade eben seltsam grau und teigig, fast war es, als würden ihre Züge von Sekunde zu Sekunde mehr entgleiten. Seufzend wandte sie sich ab, sagte sich, dass Nicole Kidman oder Sandra Bullock – stünden sie heute und hier an ihrer statt – auch nicht frischer aussehen würden. Sie eilte zurück ins Wohnzimmer, sah reihum. »Einverstanden, ich fahre zu Emily rüber, versuche, mit Lea zu reden. Ihr bleibt bitte hier, falls die Polizei sich auf dem Festnetz meldet oder Sebastian nach Hause kommt. In beiden Fällen ruft ihr mich sofort auf dem Handy an.«

»Ich komme mit«, sagte Jan und seine Stimme klang nicht kompromissbereit.

Julia schüttelte den Kopf. »Emily und ich sind enge Freundinnen. Sie hat Vertrauen zu mir, nur zu mir … Wenn du dabei bist, weiß ich nicht, ob sie mich zu Lea lässt und ob die Kleine in dem Fall auch bereit wäre, mit uns zu reden.«

Sabrina stand auf, kam zu ihrem Mann, legte ihm die Hand auf die Schulter. »Juli hat recht, Schatz. Lea ist bestimmt immer noch traumatisiert von den Vorfällen heute Mittag. Wenn du da auftauchst, lässt sie vielleicht auch Julia nicht an sich ran.«

Am Ende musste sich ihr Schwager geschlagen geben. Mürrisch setzte er sich wieder, starrte düster vor sich hin. Julia kam nicht umhin, zuzugeben, dass sie Jan nicht besonders gern mochte, doch er sorgte sich um sein kleines Mädchen und das konnte sie nachvollziehen. Sie sah ihn an, nickte. »Ich verspreche bei allem, was mir heilig ist, dass ich alles versuche, um aus Lea rauszukriegen, ob sie etwas gesehen hat.«

Jan nickte, sah aber nicht auf. Nach einem letzten

Blick zu ihrer Mutter und Sabrina verließ sie die Wohnung. Sie war noch nicht aus der Haustür raus, als das Handy in der Tasche zu summen anfing. Sie blieb stehen, zog es hervor, hoffte, dass es ihr Mann war oder wenigstens Chris, der zurückrief.

Die Nummer sagte ihr nichts, deswegen wollte sie einem ersten Impuls folgend das Gerät zurück in die Tasche stecken, als ihr klar wurde, dass es auch die Polizei sein konnte. Sie ging dran, meldete sich. Es war eine der Polizistinnen, mit der sie vorhin gesprochen hatte. »Wissen Sie etwas über den Aufenthaltsort meines Mannes oder meiner Nichte?«, kam es Julia über die Lippen, noch ehe sie sich bremsen konnte.

»Leider nicht«, erklärte ihr die Polizistin bedauernd. »Aber wir wissen inzwischen, dass das Blut auf dem Kleid des Blumenmädchens tatsächlich menschlich ist.«

Einen Moment lang war Julia unfähig, etwas zu erwidern, dann kamen ihre Gedanken langsam in Schwung. »Wenn ich Ihnen die Zahnbürste meines Mannes bringe und meine Schwester die ihrer Tochter, wie lange dauert es, bis wir wissen, ob das Blut von einem von ihnen stammt?«

Die Polizistin räusperte sich. »Die Ergebnisse werden wir spätestens nach 24 Stunden vorliegen haben, daher wäre es gut, wenn Sie die Proben spätestens morgen Früh zu Ihrem Termin mitbringen … Ihre Schwester und deren Ehemann habe ich übrigens auch schon informiert. Sie bringen die Probe von Marie heute schon vorbei.«

»Heute schon?« Julia überlegte. Wenn sie bei Emily fertig war, konnte sie ohne Weiteres nach Hause fahren, Sebastians Zeug zusammensuchen und ebenfalls zum Präsidium fahren. »Ich würde vorschlagen, dass ich auch heute noch vorbeikomme, damit Sie alles für morgen parat haben.«

»Sie werden sicher verstehen, dass das vermisste kleine Kind Ihrer Schwester bei unseren Ermittlungen an erster Stelle steht und außerdem …« Sie brach ab.

»Was?«, fragte Julia und spürte, wie ihr heiß und kalt zugleich wurde.

»In der Gegend um die Kirche gibt es zwei Läden, die über eine Überwachungskamera verfügen, deren Aufnahmen für uns von Bedeutung hätten sein können. Leider sind genau diese Geräte in der letzten Nacht zerstört worden bzw. wurde in die Läden eingebrochen und die komplette Anlage gestohlen. Jetzt stellt sich mir natürlich die Frage, wer genau ein so starkes Interesse daran haben könnte, alle Kameras rund um die Kirche zu zerstören, damit er keinesfalls gesehen wird.«

Auf dem Weg zu Emilys Wohnung wirbelten die Gedanken in Julias Kopf wild durcheinander, vermischten sich zu einem wirren Brei. Nach dem Anruf der Polizistin hatte sie hin und her überlegt, was genau es zu bedeuten hatte, dass die Überwachungskameras abgeschaltet worden waren, doch rückblickend war es der Tonfall der Polizistin gewesen, der Julia am meisten Sorgen machte. Verdächtigten sie etwa Sebastian selbst, Marie entführt zu haben? Sie trat aufs Gas, wurde schneller, trotzdem dauerte es noch über zwanzig Minuten, ehe sie endlich vor Emilys Haus stand. Sie lief die Treppe hinauf, klingelte, wartete ab. Es dauerte fast zwei Minuten, ehe sie endlich Schritte vernahm und ihr geöffnet wurde. Sie wollte an Emily vorbei ins Innere der Wohnung, doch die Freundin stellte sich ihr in den Weg. »Was willst du?«, fragte sie und sah Julia argwöhnisch an.

»Was denkst du denn? Ich muss mit Lea reden, ob sie was gesehen hat. Immerhin ist mein Mann verschwunden und nebenbei erwähnt auch meine Nichte, nur falls du das nicht mitbekommen haben solltest.«

Emily verzog das Gesicht, schüttelte langsam, aber bestimmt den Kopf. Erst jetzt fiel Julia auf, wie schlecht ihre Freundin aussah. Sie wirkte übernächtigt, blass, ihre Augen sahen verquollen aus, so als hätte sie geweint. Augenblicklich zog sich ihr Innerstes zusammen. Emily musste einen Schock fürs Leben bekommen haben, als sie ihr Kind von oben bis unten voller Blut in die Kirche hatte treten sehen. Sie musste gedacht haben, Lea sei schwer verletzt.

»Es tut mir wirklich leid«, sagte sie zu Emily und wollte sie in den Arm nehmen, doch die wich vor ihr zurück. »Du musst jetzt gehen«, sagte sie kalt. »Ich muss mich um meine Tochter kümmern, wenn du verstehst.«

Julia starrte sie an, verzog den Mund. »Du denkst doch nicht etwa, ich hätte etwas damit zu tun? Oder Sebastian?«

Emily sah zu Boden, seufzte. Als sie wieder aufsah, wirkte ihr Blick düster. »Was ich denke, ist dir in den letzten Wochen auch egal gewesen.«

»Du wirfst mir vor, dass ich wegen meiner bevorstehenden Hochzeit nicht mehr so viel Zeit für dich hatte?«

»Du hattest überhaupt keine Zeit für mich.«

»Bitte Emily, lass mich nur eine Minute zu Lea, ich verspreche auch, dass ich …«

»Nein«, unterbrach die Freundin sie und straffte die Schultern. »Lea muss erst mal wieder zu sich kommen. Sie sitzt in ihrem Zimmer und schweigt. Will weder mit mir noch mit der Polizei reden. Und da kreuzt du hier auf und denkst, ich lasse dich zu ihr, damit sie am Ende noch völlig durchdreht?«

Sorry, aber du musst jetzt gehen.«

Julia schnappte nach Luft.

»Und du kapierst wohl nicht, dass mein Mann spurlos verschwunden ist, seit er heute Morgen bei Chris raus ist! Deine Tochter kann nicht einfach für sich behalten, was passiert ist.«

Emily starrte sie düster an. »Du solltest Chris vielleicht mal fragen, was hier vor sich geht. Der stand vorhin vor meiner Tür und wollte mich nach Geld anpumpen. Geld, das ihm angeblich Sebastian schuldet.«

Julias Blick zuckte hoch. »Aber das ist doch Unsinn. Sebastian schuldet niemandem Geld.«

Emily stieß einen verächtlichen Grunzton aus. »Ruf ihn doch an, wenn du mir nicht glaubst. Er hat sogar verlangt, dass ich ihm einen Kontakt zu Thorsten herstelle. Und das nach dem, was heute in der Kirche war. Irgendwas Seltsames geht da vor sich.«

Julia schaute seufzend zur Decke und massierte sich den Nacken. »Was ist da bloß passiert?«, flüsterte sie. Sie sah die Freundin flehend an. »Bitte, wenn Lea doch noch etwas sagt, ruf mich umgehend an, okay?«

Emily legte den Kopf schief, schien zu überlegen. Schließlich seufzte sie leise. »Okay, mach ich.«

Als Julia draußen stand, holte sie tief Luft, versuchte, mit der Enttäuschung über Emilys Abfuhr fertig zu werden. Sie zog ihr Handy hervor, sah aufs Display. Keine Nachrichten und auch kein Anruf. Sie suchte ihre Nachricht an Chris, sah, dass er sie gelesen hatte. Heiße Wut schwappte in ihr hoch. Sie drückte auf seine Nummer, ließ es klingeln.

Nichts.

Wählte erneut.

Wieder nichts.

Sie wiederholte das Spiel weitere dreimal, schließlich legte sie auf, schrieb ihm eine Nachricht. *Ich rufe dich im Minutentakt an, bis du endlich drangehst,* schrieb sie ihm, versuchte es anschließend erneut.

Nach zwei weiteren Versuchen ging er endlich dran.

»Herrgott, Julia«, rief er in den Hörer, »was soll die Scheiße denn? Ich melde mich bei dir, sobald ich Zeit habe.«

»Was soll die Scheiße?«, schnauzte Julia in den Hörer. »Sag mal, hast du sie noch alle? Ich will auf der Stelle wissen, was los ist? Wo ist mein Mann? Und wo meine Nichte? Ich bin absolut sicher, dass du irgendwas darüber weißt!«

Eine Weile hörte Julia nur ein abgehetztes Hecheln, dann wurde es schlagartig still. »Ich hoffe für dich, dass du nicht aufgelegt hast«, schrie sie wütend in den Hörer.

»Ich bin noch da«, kam es keine Sekunde später und Chris' Stimme klang gehetzt und irgendwie panisch. »Ich habe nicht die leiseste Ahnung, wo Sebastian ist. Und von deiner Nichte weiß ich schon mal gar nichts!« Er brach ab. »Willst du wissen, was mein Problem ist? Dein supertoller Ehemann hat sich von mir einen Haufen Kohle geliehen. Um genau zu sein zehntausend Euro. Er wollte mir das Geld nach der Hochzeit zurückgeben, aber nachdem er nicht aufgetaucht ist, hab ich echt Ärger an der Backe. Um genau zu sein, ist die Kacke gerade am Dampfen!«

Julia war wie vor den Kopf geschlagen.

»Warum sollte Sebastian sich Geld von dir leihen? Er verdient doch genug.«

Chris am anderen Ende stieß ein sarkastisches Lachen aus. »Aber anscheinend nicht gut genug, um eure glorreiche Hochzeit zu bezahlen. Allein die Torte kostet Hunderte Euro, dazu der Saal, das Essen, dein Kleid, das ganze Drumherum. Er sagte, dass ihm die Kosten über den Kopf gewachsen sind, er dich aber nicht enttäuschen wollte. Außerdem bestanden die meisten auf Vorkasse. Deswegen hab ich ihm Geld geliehen, das mir selbst nicht gehörte. Weil er hoch und heilig geschworen hat, dass er es mir sofort nach der Party zurückgibt.«

»Davon wusste ich nichts«, kam es von Julia. Ihr war plötzlich schwindelig und sie hatte das Gefühl, sich gleich übergeben zu müssen. Als sie sich wieder im Griff hatte, atmete sie tief durch. »Woher stammt die Kohle?«, wollte sie wissen.

»Das tut nichts zur Sache«, gab Chris zurück. »Ich muss irgendwie versuchen, bis morgen früh zehntausend Euro aufzutreiben, anderenfalls …« Er brach ab.

»Wäre es möglich, dass derjenige, von dem du das Geld hast, sich Sebastian geschnappt hat? Und auch meine Nichte, quasi als Versicherung, dass er sein Geld von dir wirklich zurückbekommt?«

Chris stöhnte. »Ganz sicher nicht. Ich weiß nicht, in welche Scheiße dein Mann da geraten ist, aber mit mir und meinen Problemen hat das alles nichts zu tun.«

»Bitte Chris«, bettelte Julia, »ich brauch wirklich

deine Hilfe. Sebastian ist verschwunden und das Blut auf dem Kleid von Emilys Tochter ist laut Polizei menschlichen Ursprungs. Was, wenn es von meinem Mann ist? Oder noch schlimmer, von der vermissten Tochter meiner Schwester? Kannst du nicht irgendwas tun? Ich traue den Bullen nicht, die denken wohl, dass Sebastian damit zu tun hat, verdächtigen ihn glaube ich sogar. Du kennst doch Gott und die Welt, irgendjemand hat bestimmt was gesehen.«

Eine Weile herrschte Schweigen am anderen Ende, dann seufzte Chris. »Wir legen jetzt auf. Anschließend bekommst du eine Nachricht mit der Handynummer eines Anwalts von mir. Ruf dort an und sage dem, dass du von mir kommst. Richard kann dir vielleicht helfen.«

»Wie?«, wollte Julia wissen.

»Er kennt einen Typen, einen Detektiv oder so was in der Art, David Gross. Es heißt, dass er jeden findet.«

Auf dem Weg zurück zu ihrem Wagen plingte es aus ihrer Hosentasche. Das musste die Nachricht mit der Nummer des Anwalts sein. Sie zog das Handy aus der Tasche, las die Nachricht von Chris. Er hatte Wort gehalten, ihr Nummer und Name des Anwalts geschickt, mit dem Vermerk, sich am besten erst morgen oder Montag früh zu melden. Sie seufzte, steckte das Handy zurück, steuerte auf ihr Auto zu. Sie wollte gerade einsteigen, als ihr der Umschlag auffiel, den jemand während ihrer Abwesenheit hinter einen der Scheibenwischer geklemmt hatte. Sie runzelte die Stirn, sah sich um.

Hatte Sebastian den Umschlag dort hingetan?

Beobachtete er sie etwa?

Wieder sah sie sich um, nahm die Häuserfront hinter sich in Augenschein, spähte durch die Windschutzscheiben der am Straßenrand stehenden Autos.

Nichts.

Keine Spur von ihrem abtrünnigen Ehemann.

Sie nahm den Umschlag, riss ihn auf.

Zog ein Foto hervor, auf dem das Tor zu einem Friedhof zu sehen war.

Verwirrt schluckte sie. Was hatte das zu bedeuten? Plötzlich fielen ihr ihre klebrigen Fingerspitzen auf. Sie hob ihre rechte Hand, bemerkte, dass sich irgendwas Dunkelrotes auf Daumen und Zeigefinger befand. Erst jetzt fiel ihr der merkwürdige Geruch auf, der aus dem Umschlag strömte.

Sie warf einen kurzen Blick hinein, zuckte entsetzt und angewidert zugleich zurück.

Ihr Herz hämmerte so heftig, dass ihr Brustkorb vibrierte.

Das musste ein Scherz sein!

Eine Attrappe!

Anders ergab das alles nicht den geringsten Sinn.

Oder doch?

Ihr fiel das Geld ein, das Sebastian Chris schuldete.

Oder wem auch immer.

Sie hielt die Luft an, kniff die Augen fest zusammen, griff zögernd in den Umschlag, fand schließlich, wonach sie suchte, musste sich zusammenreißen, nicht loszukotzen.

Als sie sich wieder im Griff hatte, stieß sie die Luft aus.

Sie zählte langsam bis drei, öffnete die Augen.

4

JETZT

Noch nie zuvor in seinem Leben hatte er solches Leid ertragen oder derartige Schmerzen erleiden müssen. Nicht einmal, als er sich im Alter von ungefähr vierzehn Jahren beim Autoskooter den Arm gebrochen hatte. Damals hatte er gedacht, die Schmerzen brächten ihn um, doch im Vergleich hiermit war das damals ein Spaziergang gewesen. Er schwor, er würde sich auf der Stelle beide Arme brechen lassen, wenn dieses Martyrium dafür ein Ende fand.

Seine Gedärme rebellierten, streikten vielmehr, was mittlerweile nicht mehr nur am Hunger und am Durst liegen musste, sondern an der Tatsache, dass er sich seines bevorstehenden Schicksals immer bewusster wurde. Er würde also an diesem trostlosen Ort sterben. Einsam und allein von dieser Welt abtreten, den großen Löffel abgeben und das alles nur, weil er einem Psychopathen in die Hände gefallen war oder vielmehr dessen

Weg gekreuzt hatte. Er spürte ein Gefühl der Demütigung, als er sich vorstellte, wie man seine Leiche vorfinden würde. Wie seine Frau ihn wegen der Identifizierung in Erinnerung behalten würde. Von oben bis unten verdreckt, nach Fäkalien stinkend, einen Ausdruck auf dem Gesicht, der ihr klarmachen würde, dass er zu jenen Menschen gehörte, die im Angesicht des Todes um ihr Leben bettelten. Ein Kichern drang aus seinem Mund, was nicht so recht zu dem passte, was er in genau diesem Augenblick empfand. Er hatte nicht nur Angst, sondern, um genau zu sein, eine so große Panik, dass es fast schon körperlich wehtat. Bei jedem Rascheln, jedem Knarzen zuckte er so heftig zusammen, dass seine Muskeln inzwischen vollkommen verkrampft waren. Hinzu kam, dass sein Innerstes von einer Kälte ausgefüllt war und er das Gefühl hatte, ein Eisklumpen drücke von innen gegen sein Herz und die Lunge, sodass er mittlerweile kaum mehr atmen konnte. Das Schlimmste allerdings war das Tuckern seines Stumpfes. Seit der Irre ihn in seiner Zelle – oder was auch immer das war – beehrt und massakriert hatte, ging es mit ihm noch weiter bergab. Sicherlich litt er längst an einer Infektion der Wunde und es war nur noch eine Frage der Zeit, bis das Fieber käme und ihm den Rest gab. Er bezweifelte, dass der Wahnsinnige ihm Antibiotika bringen würde, genauso wie er ihm bislang weder Essen noch Wasser gebracht hatte. Der Hunger selbst machte ihm gar nicht mehr so viel zu schaffen, doch der Durst war teilweise so stark, dass er inzwischen dazu übergegangen war, seinen Urin zu trinken, sofern er überhaupt in der Lage war, etwas auszuscheiden.

Im Grunde, dachte er, *ist sowieso alles sinnlos.* Genauso gut konnte er auch hier liegen bleiben, alles über sich ergehen lassen und abwarten, bis der Tod käme, um ihn zu holen, doch sein Überlebensinstinkt war stärker als angenommen. Stärker als er je für möglich gehalten hätte. Dieser Instinkt sorgte dafür, dass er trotz seiner Dehydrierung in der Lage war – zumindest im Moment noch – einigermaßen klare Gedanken zu fassen. Er sorgte dafür, dass er über jedes einzelne Wort des Verrückten nachdachte, es analysierte, damit er wenigstens versuchen konnte, die Zeit für sich arbeiten zu lassen. Er musste den Irren in ein Gespräch verwickeln, ihn dahingehend manipulieren, dass er ihm den Grund für das alles nannte – vielleicht hatte er so den Hauch einer Chance, ihn dazu zu bewegen, ihn gehen zu lassen, wenn er erkannte, dass er den Falschen hatte. Denn dass dem so war, daran bestand keinerlei Zweifel.

Er zum Beispiel konnte mit absoluter Gewissheit sagen, dass er den Kerl noch niemals zuvor gesehen hatte.

Ihm fiel ein, was der Irre während seiner Attacke vorhin zu ihm gesagt hatte: *Jetzt lernst auch du endlich, was echte Schmerzen sind …*

In seinem Kopf drehte sich alles. Er schluckte, ließ

die Worte auf sich wirken, drehte sie in Gedanken hin und her. Dann schnappte er nach Luft.

Der Irre bezog sich dabei auf eine Person – vielleicht sogar die eigene –, die in der Vergangenheit große Schmerzen hatte erleiden müssen. Und da er ihn hier gefangen hielt, musste er glauben, dass das seine Schuld war.

Er schluckte, überlegte krampfhaft, ob ihm jemand einfiel, der seinetwegen einmal hatte leiden müssen. Ihm fiel keiner ein. Konnte es sein, dass der Irre seine Worte metaphorisch meinte? Dass er von Schmerzen sprach, stattdessen aber seelischen Kummer meinte?

Die Gedanken wirbelten in seinem Kopf umher, doch es fiel ihm selbst dazu niemand ein. Außer vielleicht … Es hatte in seiner Vergangenheit natürlich das ein oder andere Frauenherz gegeben, das er gebrochen hatte. Doch warum sollte sich deswegen jemand bei ihm rächen wollen? Nachdem die Beziehungen auseinandergegangen waren, hatte teilweise über Monate Funkstille geherrscht, doch heute konnte er sagen, dass er zu beinahe jeder seiner Ex-Freundinnen ein freundschaftlich neutrales Verhältnis hatte. Davon abgesehen, ergab eine von ihm beendete Beziehung noch lange nicht den Grund für das hier …

Ein Klirren ertönte, ein leises Knirschen.

Er kam zurück!

Für den Bruchteil einer Sekunde fühlte es sich an, als setze sein Herzschlag aus.

Oder vielmehr als reiße eine eisige Klaue sein Innerstes entzwei.

Noch nie zuvor in seinem Leben hatte er solchen Terror empfunden.

Leise Schritte näherten sich.

Er hörte ein Murmeln, kurz darauf ein Seufzen. Es klirrte.

In seinen Gedanken ergaben die Geräusche ein Bild. Er musste sich in einer Art Kellergewölbe befinden, das in einzelne Verliese abgeteilt war.

Keine Sekunde später dröhnte es um ihn herum. Trotz der Dunkelheit erkannte er die Umrisse des Mannes vor der vergitterten Tür seines Gefängnisses.

Er schnappte nach Luft, betete, dass sein Geist ihn nicht gerade in diesem Augenblick verließ.

»Wasser«, kam es schließlich aus seinem Mund. Seine Stimme klang fremd in seinen Ohren. Rau und schwach, beinahe weinerlich. »Bitte!«, schob er nach.

Der Mann lachte. »Ich bin nicht hier, um Forderungen entgegenzunehmen. Stattdessen wollte ich dir nur sagen, dass die Hauptperson endlich im Spiel ist. Deine One-Man-Show geht noch so lange weiter, bis sie es endlich geschafft hat, uns zu finden. Es hängt also nicht allein von mir ab, wie lange du noch durchhalten musst.« Ein boshaftes Kichern erfüllte die Dunkelheit mit noch mehr Grauen, machte sie für den Augenblick noch schwärzer.

Er schluckte. »Bitte, es ist doch nur Wasser. Ein kleines Schlückchen.«

»Was wärst du bereit, dafür zu bezahlen?«

Die Stimme des Mannes klang amüsiert.

»Ich weiß nicht … Ich habe ein bisschen Geld. Sie können alles haben.«

Ein Grollen ertönte. »Wie ich bereits sagte, ich will dein Geld nicht. Deswegen bist du nicht hier.«

»Sagen Sie mir doch, was Sie wollen. Sie bekommen alles, ich schwöre es.«

»Ich will, dass du bereust, was du getan hast.«

Er schluckte. »Das tue ich. Wirklich. Von ganzem Herzen.«

»Weißt du überhaupt, wovon ich spreche?«

Plötzlich war sein Kopf wie leer gefegt.

»Was genau hast du getan, weshalb ich der Meinung bin, dass du eine Strafe wie diese verdient hast? Ich will, dass du es sagst!«

Ein Wimmern entfuhr ihm. »Ich weiß es nicht«, brachte er schließlich hervor. »Ich habe wirklich keine Ahnung.«

Der Irre stieß ein lang gezogenes Seufzen aus. »Du lässt mir wohl keine andere Wahl, als dein Gedächtnis etwas aufzufrischen.« Es quietschte, als die Tür aufschwang und der Mann zu ihm in den Raum trat. Unwillkürlich wich er zurück bis zur Wand, obwohl er wusste, dass das sinnlos war.

Der Irre zog einen Gegenstand aus der Hosentasche und er musste gar nicht hinsehen, wusste auch so, dass es wieder diese Gartenschere war, mit der er vorhin …

Ein Heulen ertönte und es dauerte einen Moment, ehe er begriff, dass er selbst es war, der bitterlich weinte und den Irren auf Knien anflehte, ihm nicht noch einmal wehzutun.

»Ich dachte, du willst etwas zu trinken? Was hältst du davon – du erklärst dich einverstanden, dass ich mir eine zusätzliche Versicherung organisiere und als Wiedergutmachung für deine … Unannehmlichkeiten …« Er brach ab und gluckste. »Als Bezahlung quasi bekommst du ein bisschen Flüssigkeit und vielleicht sogar eine Kleinigkeit zu essen.«

Ein Schnappen erklang und er begriff, dass es dem Wahnsinnigen einen Heidenspaß machte, ihm gegenüber seine Macht zu demonstrieren. Er schluckte, stöhnte schmerzerfüllt. Sein Hals brannte inzwischen wie Feuer, in seinem Kopf hämmerte ein Presslufthammer und er fror gotterbärmlich. Mit etwas Wasser und einer Kleinigkeit im Magen sähe die Welt bestimmt ein klein wenig hoffnungsvoller aus. Und wer weiß? Vielleicht würde ihm am Ende sogar etwas einfallen, wenn seine Gedanken nicht mehr nur um Wasser kreisten.

Er seufzte, nickte ergeben.

Der Irre trat näher, legte den Kopf schief. »Weise Entscheidung. Auf was könntest du denn am ehesten verzichten? Auf einen Teil deines rechten Ohrs oder auf einen deiner Daumen?«

»Was?« Seine Stimme klang hysterisch, überschlug

sich beinahe. »Bitte, ich hab es mir anders überlegt, ich will das alles nicht mehr!«

Der Mann schüttelte den Kopf, grunzte vor Lachen. »Das würde ich mir aber genau überlegen. Der Tod durch verdursten soll so ziemlich das Scheußlichste sein, was einen Menschen passieren kann. Und wenn ich es recht bedenke, dürfte alles besser schmecken als deine eigene Pisse.« Er rümpfte die Nase, griff hinter sich, zog einen Gegenstand aus dem Bund seiner Hose, hielt ihn ihm vors Gesicht. Er erkannte auf Anhieb, dass es eine kleine Flasche war, Mineralwasser oder vielleicht sogar Cola. Augenblicklich begannen vor seinen Augen Sterne aufzublitzen und der Schmerz in seinem Hals implodierte. Er unterdrückte den Impuls, dem Irren die Flasche aus der Hand zu reißen, schloss die Augen. Nicht einmal eine Nanosekunde später spürte er einen Schlag auf seiner rechten Wange. »Hab ich dir erlaubt, wegzusehen?«

Er schüttelte verzweifelt den Kopf. »Bitte, ich hab doch nichts getan, warum tun Sie mir das an?«

Der Mann seufzte theatralisch. »Das fällt dir schon noch ein, da bin ich ganz sicher.« Er schwenkte die Flasche vor seinem Gesicht herum, lachte vergnügt. »Und was sagst du? Nimmst du mein Angebot an?«

Sein Kopf war auf einmal wie leer gefegt. Dennoch war ihm klar, dass, wenn er die falsche Antwort gab, alles vorbei sein würde. Schließlich hob er seine Hand, griff nach der Flasche.

»Mein Ohr«, sagte er resigniert. »Nehmen Sie das.«

Der Mann nickte stumm, wartete, bis er die Flasche aufgedreht und zum ersten Schluck angesetzt hatte. Beinahe erwartete er schon, dass der Irre geblufft hatte und irgendwas Ekliges darin war, doch als wenig später der süßlich erfrischende Geschmack von Limonade in seinem Mund explodierte, schloss er vor Erleichterung die Augen. Sein gesamter Körper schien nur noch aus Durst zu bestehen, denn es war wie ein Zwang. Anziehen, schlucken. Anziehen, schlucken. Er war absolut nicht mehr imstande, aufzuhören, und hätte wahrscheinlich so weitergemacht, bis die Flasche leer wäre, wenn der Psycho ihm das Getränk nicht aus der Hand gerissen hätte. »Teil dir das am besten gut ein, denn ich weiß ehrlich gesagt nicht, ob ich noch mal bereit sein werde, Geschäfte mit dir zu machen.«

Er stellte die Flasche beiseite, trat auf ihn zu, beugte sich zu seinem Gesicht hinunter. Er wollte sich schon dranmachen, die Schere erneut zweckzuentfremden, als ihm etwas einzufallen schien. Er seufzte, stand auf, ging aus dem Raum hinaus. Für den Bruchteil einer Sekunde schoss ein schier ungeheuerlicher Gedanke durch seinen Kopf. Was, wenn er diese Chance nutzen würde, um abzuhauen? Die Tür zu seinem Verlies stand sperrangelweit offen und der Irre war nicht da. Wenn er sich beeilte … Er dachte nicht mehr, funktionierte nur noch. Er konnte nichts dagegen tun, dass er aufstand, seine zitternden, kraftlosen Beine in Bewegung setzte und loswankte. Er war fast an der Tür, als er den Mann zurückkommen hörte. Schnell wich er in die hinterste Ecke des Raumes, ließ sich wieder zu Boden gleiten, musste sich beherrschen, um nicht vor lauter Frustration loszubrüllen. Der Mann blieb in der Tür stehen, musterte ihn durch die Dunkelheit. »Du beeindruckst mich«, erklärte er beinahe freundlich. »Jeder andere hätte die Chance ergriffen und wäre nach draußen gerannt. Aber scheinbar fängst du wirklich an, dich bei mir wohlzufühlen, mhm?« Er lachte, hob einen länglichen Gegenstand in die Höhe. »Nicht, dass es einen Sinn gehabt hätte, wenn du losgerannt wärst. Spätestens oben hättest du vor verschlossenen Türen gestanden und ich hätte dich eingeholt. Und du kannst dir sicher denken, was dann geschehen wäre?«

Er nickte. Bemerkte, dass er am ganzen Leib wie Espenlaub zitterte.

»Was hältst du davon, wenn wir gleich anfangen?«, wollte der Wahnsinnige wissen. »Wenn du dich gut anstellst und nicht herumheulst, bringe ich dir vielleicht wirklich was zu essen vorbei. Ein Stück Pizza oder so was …« Er ging vor ihm in die Hocke, beugte sich vor, griff blitzschnell nach seinem Ohr und zog so fest daran, dass er gar nicht anders konnte, als loszukreischen. Der Irre machte ein abfälliges Geräusch, das wie ein amüsiertes Prusten klang.

Er streckte die Hand mit dem Gegenstand aus, damit er sehen konnte, was genau das für ein Ding war. Es handelte sich um ein Teppichmesser. Lang, glänzend und mit an Sicherheit grenzender Wahrscheinlichkeit rasiermesserscharf. Ein eiskalter Schauer lief ihm über den Rücken, füllte wenig später sein komplettes Inneres aus.

Was als Nächstes geschah, nahm er nur noch durch einen Nebel aus Schmerzen wahr.

Er spürte ein höllisches Brennen, danach ein heftiges Reißen. Sekunden später vernahm er das schrecklichste Geräusch, das er jemals zuvor gehört hatte. Ein Knirschen, das ihm sagte, dass der Verrückte den Knorpel durchtrennt und ihm sein Ohr vom Kopf abgerissen hatte. Ihm wurde schwarz vor Augen.

Kurz darauf roch er es und Übelkeit ergriff Besitz von ihm.

Hatte er sich etwa schon wieder vollgeschissen?

Ein Gefühl der Scham gepaart mit abgrundtiefer Verzweiflung ergriff Besitz von ihm, schnürte ihm die Kehle zu.

Bitte, Gott, dachte er, während er langsam in die Finsternis abdriftete, *mach, dass das alles endlich vorbei ist. Mach, dass ich einfach nicht mehr zu mir komme.*

5

JETZT

Als Julia auf die Uhr sah, erschrak sie. Inzwischen war es kurz nach neun, was bedeutete, dass sie über eine Stunde reglos in ihrem Wagen gesessen hatte. Und noch immer hielt sie der Schock fest im Würgegriff, was dazu führte, dass sie weder ruhig atmen konnte, noch dazu in der Lage war, eine Entscheidung zu treffen. Ihr Blick wanderte zu dem Umschlag neben sich auf dem Beifahrersitz. Ganz automatisch hatte sie wieder seinen grauenvollen Inhalt vor Augen.

Der abgetrennte kleine Finger stammte von einem Mann, so viel stand fest. Sie hatte es an der Struktur der Haut erkannt, an den feinen, dunklen Härchen darauf und an der Größe natürlich. Doch sosehr sie es auch wünschte, konnte sie nicht sagen, ob es sich dabei um den Finger von Sebastian handelte. Sie atmete tief durch, befahl sich im Stillen, Ruhe zu bewahren, versuchte, ihre Gedanken zu sortieren. Dann griff sie erneut nach dem Umschlag, zog das Foto hervor. Das schmiedeeiserne Tor kam ihr seltsam vertraut vor, doch sie konnte beim besten Willen nicht sagen, warum.

Minuten lang starrte sie die Fotografie an, fragte sich, was ihr der Absender damit wohl sagen wollte.

Unschlüssig drehte sie das Bild um, zuckte zusammen. Auf weißem Hintergrund stand in roter Krakelschrift ein Satz geschrieben, der noch viel entsetzlicher war als der grausige Inhalt des Umschlags.

Julia begann zu zittern.

Wenn du zu den Bullen gehst, sterben sie!!!

Tränen traten ihr in die Augen.

Sie musste zur Polizei, weil sie einen Termin zur Befragung hatte. Außerdem musste sie etwas von Sebastian vorbeibringen, wegen der DNA-Analyse. Sie sog die Luft scharf ein. Bestimmt meinte der Absender damit, dass sie wegen dieses Umschlags nicht zur Polizei gehen durfte.

Doch was, wenn sie beobachtet wurde?

Woher sollte der Absender wissen, warum sie ins Präsidium ging?

Ihr wurde schlecht. Schnell riss sie die Tür auf, beugte sich nach draußen, würgte.

Als sie ihren Magen wieder im Griff hatte, überlegte sie. Auf keinen Fall durften ihre Schwester oder ihre Mutter von dem Umschlag erfahren. Keiner durfte davon wissen, bis sie endlich eine Idee hatte, was sie als Nächstes tun würde.

Ihr Handy plingte. Hastig zog sie es aus der Tasche, warf einen Blick darauf. Es war eine Nachricht von Sabrina.

Wir sind im Präsidium! Wäre gut, wenn du auch noch her kämst …

Julia schluckte.

Hab vorhin da angerufen. Die meinten, ich solle erst morgen kommen, weil die sich zuerst um Maries Probe kümmern wollen.

Wieder ein Plington.

Hast du mit Lea gesprochen?

Julias Innerstes zog sich zusammen.

Emily hat mich nicht zu ihr gelassen. Sie sagt, Lea spricht nicht. Mit keinem …

Dann muss die Polizei sich kümmern … Die müssen einen Kinderpsychologen zu ihr schicken. Es geht um Marie!!! Sie weiß sicherlich etwas, das uns helfen kann, schrieb Sabrina zurück und Julia erkannte an der Art und Weise des Geschriebenen, dass ihre Schwester mit den Nerven am Ende war.

Tut mir leid, antwortete sie. *Ich hab wirklich alles versucht. Ich hab übrigens mit Chris gesprochen, er weiß nichts über Sebastian und Marie.*

Julia wartete auf Antwort, doch das Handy blieb stumm. Plötzlich sehnte sich ihr Körper nach einem

Drink. Sie schaltete den Wagen an, fuhr los. Entgegen ihrer Befürchtung schaffte sie es sogar, während der Fahrt ruhig zu bleiben, keine rote Ampel zu überfahren oder ein Verkehrschaos anzurichten. Als sie auf ihren Parkplatz fuhr, atmete sie tief durch. Für einen Moment dachte sie darüber nach, den Umschlag im Auto zu lassen, weil sie das »Ding« nicht in ihrer Wohnung haben wollte, doch dann entschied sie, dass es besser war, ihn mitzunehmen.

Sie lief zur Haustür, nahm anschließend zwei Treppen auf einmal, war vollkommen außer Puste, als sie oben ankam. In ihrer Wohnung herrschte gähnende Leere, was Julia als seltsam befreiend empfand. So hatte sie die Möglichkeit, ganz in Ruhe den Tag Revue passieren zu lassen und sich etwas zu überlegen. In der Küche öffnete sie das Gefrierfach des Kühlschranks, nahm die angebrochene Flasche Wodka raus, schenkte sich ein Glas voll ein. Die eisige Flüssigkeit brannte sich den Weg von Julias Kehle in den Magen hinab, verschaffte ihr ab dem zweiten Schluck eine wohlige Wärme in ihrer Körpermitte. Sie setzte sich an den Tisch, legte den Umschlag vor sich hin, nahm einen weiteren Schluck. Als das Glas leer war, befüllte sie es erneut, trank, zog schließlich das Foto aus dem Umschlag hervor, drehte es um. Konzentriert starrte sie auf die Schrift, fragte sich, ob sie ihr irgendwie bekannt vorkam, doch nichts, in ihrem Kopf herrschte nach wie vor Leere. Sie nippte an dem Wodka, legte das Bild beiseite, griff in den Umschlag, zog den Finger hervor. Dank des Alkohols in ihrem Blutkreislauf schaffte sie es, sich das widerwärtige Ding vollkommen emotionslos anzusehen.

Sofern sie das beurteilen konnte, war der Finger echt. Und wer auch immer ihn ihr hatte zukommen lassen, erwartete von ihr, dass sie kooperierte, anderenfalls … Schnell nahm sie einen Schluck Wodka. Ein anderenfalls würde … durfte es nicht geben! In ihren Gedanken tauchte Marie auf. Ihre kleine Nichte, die sich in genau diesem Augenblick in der Gewalt eines Menschen befand, der auch vor körperlicher Gewalt und Verstümmelung nicht haltmachte. Und ihr Mann … Sie trank das Glas aus. Starrte auf den Finger. Irgendetwas sagte ihr, dass es sich dabei nicht um Sebastians Körperteil handelte. Sie spürte einfach, dass er okay war.

Für den Moment zumindest.

Sie fragte sich, auf was diese ganze Sache hinauslaufen sollte. Ihr fiel ein, dass ihre Mutter ihr etwas von einem Politiker erzählt hatte, mit dem sie befreundet war und ihn deswegen zur Hochzeit eingeladen hatte. War es möglich, dass alles mit ihm zu tun hatte?

Julia nahm das Bild wieder in die Hand und auf einmal durchzuckte sie ein Erinnerungsblitz. Das Tor – es erinnerte sie an das des Friedhofs in Ahlbeck auf Usedom. Ihre Großmutter war dort begraben, genau wie ihr Vater. Sie war nur schon so lange nicht mehr dort gewesen, dass sie nicht auf Anhieb darauf gekommen war.

In ihrem Kopf drehte sich alles. Hatte diese Erkenntnis etwas zu bedeuten?

Oder wollte der Absender durch das Bild nur verdeutlichen, was er zu tun gedenke, sollte sie seine Regeln missachten?

Sie schluckte gegen den Kloß in ihrem Hals an und wollte sich gerade noch ein Glas mit Wodka einschenken, als es an der Tür klingelte. Schnell stopfte sie den Finger und das Foto in den Umschlag zurück, versteckte alles in der Schublade mit den Geschirrhandtüchern. Ihr war leicht schummerig, als sie den Gang entlang zur Wohnungstür lief und schließlich fiel ihr ein, dass sie den ganzen Tag über nichts gegessen hatte.

Wie auf Befehl zog sich ihr Magen zusammen, stach heftig. Sie biss die Zähne zusammen, öffnete, stöhnte innerlich, als sie Sabrina, Jan und ihre Mutter draußen stehen sah. Die drei drängten sich an ihr vorbei in den Gang.

»Ich bin dafür, dass du heute Nacht nicht alleine bleibst«, kam ihre Schwester sofort auf den Punkt. Ihre Mutter nickte bestätigend. »Falls Sebastian auftaucht, kannst du ihm eine Nachricht dalassen.«

»Er ist weg, hörst du? Und inzwischen denke ich, dass ihm wirklich etwas zugestoßen sein könnte!« Julia hatte nichts dagegen tun können, die Worte waren aus ihrem Mund, noch ehe sie sich bremsen konnte. Das musste die Wirkung des Schnapses sein, der sie noch angreifbarer machte, als sie es eh schon war.

Ihre Mutter begann zu weinen. Sabrina sah ebenfalls aus, als bräche sie jeden Moment zusammen und ihr sonst so besonnener Schwager wirkte, als wolle er alles kurz und klein schlagen.

Julia schloss für den Bruchteil einer Sekunde die Augen, holte tief Luft.

Schließlich sah sie von Sabrina zu ihrer Mutter, straffte die Schultern.

»Ich bleibe hier«, sagte sie entschlossen und versuchte zu ignorieren, dass ihre Mutter zu schluchzen begann. »Es geht mir den Umständen entsprechend gut und ich will hier sein, in Sebastians und meinem Lebensumfeld, nur für den Fall, dass sich doch noch etwas tut, er sich meldet oder zumindest derjenige, der hinter allem steckt.«

»Das ist echt irre«, unterbrach Jan sie forsch. »Wir wissen weder, was los ist, noch, warum, und du willst schutzlos allein in der Wohnung bleiben?« Er musterte sie skeptisch.

»Ich wäre nicht schutzlos«, sagte sie schnell. »Ich hab mein Handy, mit dem ich jederzeit Hilfe rufen kann, meine Nachbarn im Haus sind ziemlich hellhörig und außerdem würde ich natürlich, sobald ihr weg seid, die Wohnungstür verrammeln.« Sie hob die Schultern. »Was also sollte mir passieren?«

Sabrina räusperte sich. »Die Polizei hat vorhin mit den Medienaufrufen in Bezug auf die Suche nach Marie angefangen. Sie sagen, im Moment gibt es keinen Anlass zur Vermutung, dass es um eine Entführung handelt. Sie gehen momentan davon aus, dass Marie wegen der Vorfälle in der Kirche weggelaufen ist und sich versteckt hat. Die Nachrichten werden rund um die Uhr darüber berichten und die Bevölkerung um Mithilfe bitten. Wenn wir Glück haben, ist Marie morgen wieder bei uns …«

»Und das Blut auf Leas Kleid?« Julia sah Sabrina skeptisch an.

Die wich ihrem Blick aus. »Wir alle denken, dass es von deinem Mann ist. Ich hab mit der Polizistin über ihn gesprochen. Es ging unter anderem um seine Vergangenheit und seinen ehemaligen Freundeskreis. Ich schätze, dass die Polizei dasselbe denkt wie Jan und ich …«

»Und das wäre?«, fragte Julia angriffslustig.

»Sebastian hat irgendwas genommen und ist auf einem Trip, hat sich dabei verletzt – am Kopf beispielsweise. Er könnte gestürzt sein oder so was, hat sich dabei den Schädel aufgeschlagen. Kopfwunden bluten ziemlich heftig, das könnte das Blut auf Leas Kleid erklären. Und weil ihm in der Kirche alles zu viel wurde, ist er ausgerastet und mit unserem Kind auf und davon. Sobald er wieder bei Sinnen ist, wird ihm hoffentlich klar werden, was er angestellt hat, und dass ich ihm den Arsch aufreiße.

Ich hoffe nur, dass die Polizei ihn bis dahin aufgespürt hat.«

Julia stieß die Luft aus, verzog abfällig das Gesicht. »Ihr habt meinen Mann also zum Sündenbock auserkoren, ja?« Sie verstummte, starrte vor sich auf den Boden. Dann hob sie den Blick, sah zu Jan. »Und was, wenn doch was anderes dahintersteckt? Ein Irrer, der beide in seiner Gewalt hat? Was, wenn Sebastian nicht der Täter, sondern ebenfalls ein Opfer ist? Schon mal darüber nachgedacht?«

»Bitte Julia, denk doch mal einen Augenblick darüber nach. Du wirst erkennen, dass es durchaus Sinn ergibt, was Jan …«

»RAUS!«, unterbrach Julia ihre Schwester, starrte sie zornig an. »Ich will, dass ihr euch verpisst.«

»Kinder, wenn ihr euch streitet, hilft das niemandem«, wandte ihre Mutter weinerlich ein und griff sich mit der Hand an den Brustkorb. Sabrina nahm diese Geste erschrocken zur Kenntnis, doch Julia kannte ihre Mutter besser und wusste, dass diese nur Untermauerung ihrer Worte sein sollte und als Mahnung gedacht war. Wütend hob sie die Hand, deutete mit dem Finger zur Tür. »Muss ich es wirklich noch mal sagen?«

Sie beobachtete, wie Sabrina und Jan einen Blick tauschten, schließlich Mutter rechts und links beim Arm nahmen und verschwanden, ohne sie einesDie so grausam war weiteren Blickes zu würdigen. Als sie wieder allein war, wankte sie in die Küche zurück, schenkte sich das Glas voll Wodka, trank es aus, ohne abzusetzen. Plötzlich fiel ihr die Nummer dieses Anwalts ein, von dem Chris gesprochen hatte. Sie suchte seine Nachricht, tippte auf die Nummer, wartete, bis sich die Verbindung aufbaute. Als die Mailbox dranging, seufzte sie. Beim Blick auf die Uhr wurde ihr alles klar. Sie würde bis morgen warten müssen, und es noch einmal versuchen.

Sie spürte, wie ihr Kopf schwer wurde und ein Schwindelgefühl Besitz von ihr ergriff. Sie sah zu der Flasche auf der Anrichte, registrierte erschrocken, dass sie mindestens die Hälfte davon pur hinuntergekippt hatte. Müde ließ sie sich mit dem Oberkörper auf die Tischplatte sinken, seufzte, weil sich das tatsächlich gut anfühlte. Dann fielen ihr die Augen zu.

Das Summen ihres Handys schreckte sie auf. Verwirrt sah sie sich um, stellte fest, dass es draußen bereits hell war. Sie hatte die Nacht im Sitzen am Tisch geschlafen und dementsprechend fühlte sich ihr Rücken an. Und dann war da noch die Übelkeit. Ihr Mund war wie ausgetrocknet und fühlte sich pelzig an. Hinzukam der ekelhafte säuerliche Geschmack von Erbrochenem. Ihr fiel ein, dass sie seit vorgestern Abend nichts mehr gegessen hatte. Sie stand auf, ging zum Kühlschrank, musste sich an der Arbeitsplatte festhalten, um nicht umzukippen.

Super, dachte sie frustriert, *mit Restalkohol im Blut zum Termin bei den Bullen – besser konnte der Tag gar nicht beginnen* … Sie nahm eine Banane aus der Obstschale, doch allein beim Geruch der Frucht wurde ihr speiübel. Angewidert legte sie sie zurück, setzte Kaffee auf. Ihr fiel ein, dass sie aufgewacht war, weil ihr Handy geklingelt hatte. Sie ging zum Tisch, griff danach, warf einen Blick aufs Display. Die Nummer sagte ihr nichts und sie wollte das Gerät gerade beiseitelegen, als ihr der Anwalt einfiel. Hastig drückte sie auf zurückrufen, hielt instinktiv den Atem an.

»Grabner, was kann ich für Sie tun?«, dröhnte es wenig später aus dem Hörer.

»Ich … ich bin Julia«, erklärte sie noch immer benommen und verfluchte sich in Gedanken selbst, dass sie in einer Situation wie dieser überhaupt zum Alkohol gegriffen hatte. Sie sammelte sich, versuchte es erneut.

»Ich habe Ihre Nummer von einem Bekannten. Der sagte mir, dass Sie jemanden kennen, der mir vielleicht helfen kann. Einen David Gross.«

Für einen Moment lang herrschte am anderen Ende der Leitung Stille, dann erklang ein Seufzen.

»Wer genau hat Ihnen diese Nummer gegeben?«

»Wie ich schon sagte, ein Bekannter, sein Name ist Chris.«

»Und wo hat dieser Chris meine Nummer her?«

»Das weiß ich nicht«, erklärte Julia ihm. »Bitte, Sie müssen mir helfen, es geht um meinen Mann, er ist verschwunden, genau wie meine kleine Nichte.«

»Moment mal«, kam es von Grabner, »geht es um

diese geplatzte Hochzeit gestern? Ich hab davon gehört.«

Julia atmete tief durch. »Ich bin die Braut. Und ja, es geht um meinen Bräutigam, der gestern nicht auftauchte und bis heute verschwunden ist. Genau wie meine Nichte.«

Grabner am anderen Ende der Leitung schwieg. Dann räusperte er sich. »Okay, ich kann nichts versprechen, aber ich werde Gross Ihre Nummer geben und ihm sagen, dass es wichtig ist. Er meldet sich bei Ihnen, falls er Zeit für Sie hat.«

»Ich danke Ihnen«, rief Julia erleichtert und strich sich eine dunkle Strähne aus der Stirn. Augenblicklich ging es ihr ein kleines bisschen besser. Plötzlich stutzte sie.

»Und was, wenn er keine Zeit hat? Was soll ich dann machen?« Kurz erwog sie, dem Anwalt von dem Umschlag zu erzählen, stoppte aber, als ihr klar wurde, dass es denkbar war, dass man sie nicht nur beobachtete, sondern auch ihre Telefonleitung überwachte.

Grabner stieß ein ungeduldiges Stöhnen aus. »Er meldet sich bestimmt. Bis dahin halten Sie Ihre Füße still!«

Als es fast neun war, fragte Julia sich, was wohl passieren würde, wenn sie den Termin bei der Polizei nicht wahrnahm oder absagte. Wahrscheinlich würde man noch misstrauischer werden, ihr eine Beteiligung an der Sache unterstellen, genau wie sie es bei Sebastian bereits taten. Sie würden sie vielleicht sogar abholen lassen, was für noch mehr Wirbel sorgen würde. Was also sollte sie tun? Hingehen und hoffen, dass – wer auch immer – es nicht mitbekam?

Vielleicht würde es was nützen, wenn sie sich verkleidete und ein Taxi nahm? Doch was, wenn die Polizei ihre Anspannung bemerkte? Auch das könnte letztendlich zu unerwünschten Reaktionen führen. Am besten wäre daher, wenn sie alles daransetzte, sich nach Möglichkeit nichts anmerken zu lassen. Sie erinnerte sich an die Zeit, als Sebastians Mutter gestorben war und er deswegen auf starke Beruhigungstabletten angewiesen war. Wie hießen die Dinger noch gleich? Schnell ging sie ins Bad, durchsuchte den Medikamentenschrank und fand schließlich die Pillen. Ohne groß darüber nachzudenken, schluckte sie gleich zwei davon, hoffte, dass die Wirkung möglichst schnell einsetzte.

Sie riss eine von Sebastians Jeanshosen aus dem Schrank, ein Shirt, eine seiner abgetragenen Jacken und eine alte Baseballkappe. Sie stopfte ihre langen Haare unter die Kappe, betrachtete sich im Spiegel. Für einen Außenstehenden, der sie nicht gerade aus zwei Metern Abstand sah, konnte sie durchaus als Kerl durchgehen. Sie holte tief Luft, schrieb der Taxizentrale eine Nachricht, anstatt anzurufen. Dann stopfte sie sich Portemonnaie, Schlüssel und Handy in die Taschen und wartete. Gerade noch rechtzeitig erinnerte sie sich daran, dass sie etwas von Sebastians Sachen mitbringen sollte. Sie hatte gerade Kamm und Zahnbürste verstaut, als es an der Tür klingelte.

Noch nie zuvor in ihrem Leben hatte Julia sich derart hilflos gefühlt. Die Polizistin, die ihre Befragung durchführte, gab sich zwar alle Mühe, Verständnis und Mitgefühl durchblitzen zu lassen, doch Julia hatte auf Anhieb begriffen, dass das nur eine Masche war. Inzwischen hatte sie mehrmals hintereinander schildern müssen, was sich am Vorabend und Morgen der Hochzeit abgespielt hatte, sowie in den Minuten, bevor es in die Kirche ging. Die Frau wollte alles ganz genau wissen, drängte sie, sich an jede erdenkliche Kleinigkeit zu erinnern, weil alles wichtig sein konnte. Zeitweise fühlte Julia sich sogar unter Druck gesetzt, doch je weiter die Unterhaltung fortschritt, desto klarer wurde, dass die Beamten Sebastian tatsächlich als verdächtig einstuften. Und obwohl sie vor Wut beinahe zu explodieren drohte und dieser Frau am liebsten von dem Umschlag erzählt hätte, musste sie sich bremsen, genau das nicht zu tun. Stattdessen erklärte sie sich kooperationsbereit, als es darum ging, die Online-Aktivitäten ihres Mannes überprüfen zu lassen, genau wie seine Bankgeschäfte und letzten Telefonate. Die Polizistin hatte bereits den Netzbetreiber informiert und alle erforderlichen Unterlagen angefordert, um ihn zu orten, wodurch Julia immer mehr das Gefühl bekam, dass nur noch sie allein daran glaubte, dass ihm etwas zugestoßen sein könnte.

Die Beamtin legte den Kopf schief, musterte sie mitleidig, als könnte sie aus Julias Gesichtsausdruck lesen, was sie dachte. »Glauben Sie mir, wir ermitteln in alle Richtungen, auch wenn es Ihnen anders erscheinen mag.«

»Wissen Sie schon etwas über den Ursprung des Blutes? Handelt es sich um das von Marie?« Sie konnte nicht vermeiden, dass ihre Stimme vor Angst und Sorge beinahe kippte, doch die Ermittlerin schüttelte bestimmt den Kopf. »Darüber darf ich Ihnen leider keine Auskunft geben.«

Julia seufzte.

Anschließend befragte die Polizistin sie noch nach ihrem Verhältnis zu Sabrina und Jan, wollte wissen, wie gut sie Jan kannte, ob sie wisse, wie es um deren Ehe bestellt sei, was Julias Panik noch mehr Gewicht verlieh. Sie drängte die aufsteigenden Tränen zurück, sah die Ermittlerin fest an. »Meine Schwester und ihr Mann führen eine mustergültige Ehe, also denken Sie erst gar nicht daran, ihnen zu unterstellen, dass ein Familiendrama hinter allem steckt.«

Die Polizistin funkelte sie an und Julia wurde klar, dass sie etwas Falsches gesagt hatte. »Ich meine damit, dass Sabrina und Jan ein Traumleben führen. Die Praxis läuft gut, beide lieben sich und sie vergöttern ihre Tochter.«

Die Frau nickte, stand auf, reichte ihr die Hand. »Ich schicke Ihnen heute noch einen Kollegen vorbei, der den Laptop Ihres Mannes abholt. Vielleicht sind Sie so nett und sagen schon mal bei Ihrer Bank und der Kreditkartengesellschaft Bescheid, dass wir uns melden werden.«

Als sie wieder im Taxi in Richtung ihrer Wohnung saß, summte im Minutentakt ihr Handy. Es war Sabrina, die wahrscheinlich wissen wollte, wie die Befragung gelaufen war. Julia drückte sie weg, schloss die Augen. Die Befragung hatte sie vollkommen erschöpft und sie sehnte sich mit jeder Faser ihres Körpers nach ein wenig Ruhe und Schlaf. Als der Wagen vor ihrem Haus anhielt, bezahlte sie den Fahrer, stieg aus, hielt dabei den Kopf gesenkt. In Sekundenschnelle war sie im Innern des Hauses verschwunden, rannte die Treppe hinauf. Als sie das letzte Stockwerk erklommen hatte und fast ganz oben war, erstarrte sie mitten in der Bewegung.

Innerhalb von Sekunden wich ihr alles Blut aus dem Kopf.

In ihren Ohren begann es zu rauschen.

Oh Gott … Nein!

Sie wankte, sackte zusammen, schaffte es mit letzter Kraft, sich am Geländer festzuhalten, kroch auf allen vieren weiter.

Die Augen weit aufgerissen, japste sie verzweifelt

nach Luft, versuchte zu begreifen, was sie da vor sich sah.

Die Erkenntnis überrannte sie mit der Wucht eines Schlags in die Magengrube.

An ihrer Wohnungstür … lehnte ein Umschlag!

6

JETZT

Vorsichtig befühlte er die Wunde an seinem Kopf. Der Irre hatte sich einmal komplett durch die Ohrmuschel geschnitten, doch wirklich etwas gespürt, hatte er nur am unteren Teil des Ohrs. Und auch jetzt, Stunden später, wunderte er sich, dass die Schmerzen sich in Grenzen hielten. Anders sah es beim Stumpf seines kleinen Fingers aus. Diese Wunde tuckerte und stach noch immer so heftig, dass er sich inzwischen fragte, ob er anstelle von etwas Trinkbarem, nicht besser Antibiotika oder ein Schmerzmittel hätte verlangen sollen. Er war ziemlich sicher, dass die Wunde infiziert war, er innerhalb der nächsten Stunden ernsthaft krank werden würde. Selbst die Tatsache, dass er jetzt über etwas zu trinken verfügte und der Irre ihm einen Apfel gebracht hatte, änderte nichts an seiner Verfassung. Er würde hier sterben, damit musste er langsam anfangen, sich abzufinden.

Die alles entscheidende Frage war nun, ob es wirklich so schlimm wäre, an einer Wundinfektion zu sterben. Er würde Fieber bekommen, Halluzinationen und schließlich an Organversagen krepieren. Doch so furchtbar sich das auch anhörte, war das immer noch besser, als weiter dem Wahnsinnigen ausgeliefert zu sein und Gott weiß was amputiert zu bekommen. Er lehnte sich mit dem Rücken an die Wand, seufzte, dachte an seine Frau. Bestimmt war sie längst zur Polizei gegangen, hatte Himmel und Hölle in Bewegung gesetzt, damit man ihn fand, und es tat ihm in der Seele weh, sich vorzustellen, wie es ihr ginge, wenn sie ihn irgendwann fanden.

Er schloss die Augen, beschwor ein tröstliches Bild in seinem Kopf hervor, lächelte. Wie sehr er sie liebte. Ihr schönes Gesicht, das volle dunkle Haar, ihren wundervollen Körper mit seinen weiblichen Rundungen. Was würde er dafür geben, sie noch einmal im Arm halten zu dürfen …

Ein Geräusch durchbrach die Stille seines Verlieses.

Es klang … wie ein Wimmern.

Instinktiv hielt er die Luft an.

Tatsächlich!

Je länger er lauschte, desto sicherer war er, dass irgendwo ganz in seiner Nähe jemand weinte.

Eine Frau?

Er stieß die Luft hart aus, spürte, wie sein Körper sich anspannte.

Da!

Und schon wieder.

Auf einmal war er absolut sicher, dass außer ihm auch noch eine Frau an diesem schrecklichen Ort festgehalten wurde.

Eine eiskalte Hand griff nach seinen Eingeweiden.

Er sprang auf, ignorierte den Schwindel, der Besitz von ihm ergriff.

Schluckte gegen die Beklemmung an.

Atmen! Du musst ganz ruhig atmen, beschwor er sich im Stillen.

Doch die Furcht hielt ihn fest im Würgegriff umklammert.

Ein Japsen entwich ihm.

Er stöhnte.

Beugte sich vornüber, würgte.

Als er sich wieder einigermaßen unter Kontrolle hatte, atmete er tief durch.

Du musst es dir vorstellen, wenn auch nur für einen winzigen Moment. Du musst einfach! Für sie …

Hastig schluckte er den Kloß in seinem Hals hinunter.

Wappnete sich gegen den schlimmsten aller Gedanken.

Gegen eine Vorstellung, die so grausam war, dass seine Knie weich wurden.

Was, wenn es seine …

Er schüttelte den Kopf, schob diesen grauenvollen und angsteinflößenden Gedanken so weit fort, wie nur irgend möglich.

Das konnte … nein, das durfte nicht sein!

Nicht sie!

Das wäre weit mehr, als er ertragen würde.

Und doch lag es im Bereich des Möglichen.

Denn war es nicht genau das, was der Psychopath von Anfang an geplant hatte?

Ihm so viel Leid wie möglich zuzufügen?

Ihn Schmerzen spüren zu lassen, mehr, als er jemals auszuhalten imstande wäre?

Und waren es nicht vor allem die seelischen Leiden, die den Menschen am meisten zusetzten?

Er schluckte panisch, legte seine gesamte Kraft in die Aufgabe, die Stimme der Frau durch das leise Gewimmer identifizieren zu können.

Klang diese Stimme nach ihr?

Er wusste es nicht genau.

Doch was, wenn es wirklich so war?

Was, wenn seine geliebte Frau ebenfalls hier unten war?

Genau wie er verstümmelt und gequält wurde?

War es nicht seine Aufgabe … nein, seine Pflicht sogar, sie zu beschützen?

Doch wie sollte er das anstellen?

Er wollte gerade ansetzen, ihren Namen zu rufen, als ihm etwas einfiel. Vielleicht war das eine Falle?

Vielleicht gehörte diese Situation zum grausamen Spiel des Mannes, der ihn festhielt.

Er schluckte den Namen seiner Frau hinunter, räusperte sich.

»Wer ist da?«, rief er schließlich leise und sog zitternd vor Anspannung die Luft ein.

Stille.

»Bitte, antworten Sie mir, ich weiß, dass Sie da sind!«

Nichts.

Dann ein leises Schluchzen.

Ein Wispern.

»Ich verstehe Sie nicht, Sie müssen lauter sprechen, bitte.«

Es blieb still.

Sekunden.

Minuten.

Er sackte zusammen.

Rutschte an die Wand zurück.

Schloss die Augen.

Sie ist es nicht, sagte er sich wieder und wieder und wieder. *Sie ist es nicht!*

In seiner grenzenlosen Wut über seine Hilflosigkeit schlug er mit dem Kopf gegen die Wand.

Es war ihm egal, dass das Blut von seiner Schläfe entlang in seine Halskuhle rann. Er würde sowieso sterben, besser früher als später. Doch was ihm nicht egal war, war diese Unsicherheit.

Handelte es sich bei der weinenden Gefangenen um seine Frau?

Er rappelte sich auf, wankte zum Gittertor seines Verlieses, rüttelte an den Stäben.

»Antworten Sie, verdammt!«

Mit einem Mal wich alle Kraft aus seinen Gliedern. Er ließ sich an den Metallstäben nach unten gleiten, bis er schließlich auf dem Boden hockte. Es fühlte sich an, als würde er jeden Augenblick von seinen Gefühlen überrannt werden, doch letztendlich trat keine einzige Träne aus seinen Augen hervor. Eine Zeit lang blieb er am Boden sitzen, starrte vor sich in die Dunkelheit.

Selbst als von nebenan wieder das Jammern ertönte, blieb er reglos sitzen.

Das ist sie nicht. Das ist nicht meine Frau.

Doch da war wieder diese Stimme in seinem Kopf. Ein leises Flüstern – ***UND WENN DOCH???***

Langsam schüttelte er den Kopf.

Er ertrug das alles nicht mehr.

Diese Schmerzen und die Angst vor dem Tod waren eine Sache.

Doch sich Sorgen um den wichtigsten Menschen in seinem Leben machen zu müssen, eine andere.

Er hob den Kopf.

Streckte seine Arme aus, zog sich an den Gitterstäben empor, bis er wieder auf seinen Beinen stand.

»Wer ist da?«, schrie er. »Antworten Sie mir!«

Er holte tief Luft, setzte von Neuem an.

»Wer ist da?«

Einatmen. Ausatmen.

»Wer ist da?« Er bemerkte selbst, dass seine Stimme, zuvor heiser, kraftlos und vollkommen emotionslos, mit jedem Schrei stärker wurde.

»Antworten Sie! Sagen Sie mir, wer zur Hölle Sie sind!«

Es blieb still, bis auf ein paar leise Schluchzer, die hin und wieder den Keller ausfüllten, dann wieder abebbten.

Er seufzte, straffte die Schultern. Wenn das wirklich seine Ehefrau wäre, hätte sie sich ihm längst zu erkennen gegeben.

Und wenn sie geknebelt ist?

Was, wenn sie sich nicht bemerkbar machen kann?

Vielleicht hat sie so große Angst, dass es ihr die Sinne vernebelt?

Erinnere dich doch, wie es dir am ersten Tag hier unten ging!

Die Stimme in seinem Kopf verhöhnte ihn.

Wenn sie geknebelt wäre, würde ich auch dieses Geheul nicht hören können, gab er zurück.

Außerdem kenne ich meine Frau … Sie würde alles versuchen, mich wissen zu lassen, dass sie auch hier ist.

Die Stimme verstummte, doch er wusste, dass das nicht von Dauer sein würde.

Er lehnte seine Stirn an einen der Gitterstäbe, genoss das kühle Gefühl auf seiner warmen Haut, spürte, wie die Kälte des Metalls ihn ein wenig wacher werden ließen.

Da hörte er es plötzlich. Ein Geräusch, das ihm durch Mark und Bein ging. Es fing als leises Rascheln an, wurde lauter, bis er begriff, dass es ein Kichern war, das in ein bellendes Lachen überging.

Das Klirren kam wieder.

Metall auf Metall, woraufhin er hastig zurückwich, bis er mit dem Rücken hart gegen die Wand hinter ihm prallte.

Er stöhnte.

Zuckte zusammen, als er ihn sah.

Oder vielmehr seine Umrisse hinter den Gitterstäben erkannte.

»Was glaubst du eigentlich, wer du bist?«, fragte der Irre streng, doch seine Stimmlage verriet, dass er kurz davor stand, in Lachen auszubrechen.

»Wir sind mitten im Nirgendwo. Es wird also keiner hören, was du hier abziehst.«

»Wer ist die Frau?«, unterbrach er den Mann und spürte, wie Zorn langsam die Oberhand gewann. »Sagen Sie mir ihren Namen!«

Der Mann gluckste vergnügt.

»Du willst nur ihren Namen wissen? Nicht, was ich mit ihr angestellt habe?«

Panik erfasste ihn, doch die Wut war stärker. »Ich will den Namen wissen! Sofort!« Ein Adrenalinstoß floss durch ihn hindurch, gab ihm die nötige Kraft, auf das Tor zuzustürzen, durch die Stäbe nach dem Monster zu greifen.

Der Irre wich zurück, zog ein kleines Gerät aus der Hosentasche, wedelte damit langsam und drohend in der Luft herum. »Wenn du so was noch mal versuchst, leg ich dich ein für alle Mal lahm, verstanden?«

Ein Knistern ertönte, danach erhellten kleine Funken die Dunkelheit des Kellers.

Ein Schocker.

»Geh von der Tür weg!«

Der Scheißkerl hatte ein Elektroschockgerät.

Trotzdem blieb er stehen, starrte seinen Peiniger durch die Dunkelheit an.

»Ich sags nicht noch mal!«

Wieder knisterten Funken und schließlich blieb ihm gar nichts anderes übrig, als sich zurückzuziehen.

Er wich zur Wand zurück, ließ sich zu Boden gleiten.

Der Irre grunzte abfällig. »Schade aber auch …« Er steckte die Pistole ein.

»Du willst also wissen, wer deine Zellennachbarin ist?« Er lachte keckernd. »Okay, dann will ich mal nicht so sein … Ich hab nämlich eine gute und zwei schlechte Nachrichten für dich.«

Er kam dicht an die Gitterstäbe der Tür, umfasste zwei davon, starrte in seine Richtung. Und obwohl es beinahe stockdunkel war, konnte er die Blicke des Psychopathen buchstäblich wie eisige Nadelstiche auf seiner Haut spüren.

»Die schlechten zuerst: mein neuer Gast und du – ihr kennt euch tatsächlich.«

Ein scharfer Schmerz durchzuckte ihn.

Der Irre kicherte bösartig.

»Bitte«, flüsterte er verzweifelt.

Heiße Panik ergriff ihn.

»Zweitens: für das, was du eben hier abgezogen hast, wirst du sehr hart bestraft werden müssen. Und die Strafe wird sofort vollzogen werden.«

Ein Seufzen entfuhr ihm.

Er erkannte, dass der Irre den Kopf in den Nacken legte, ihn genüsslich kreisen ließ. Ihm wurde klar, dass es ihm einen Heidenspaß zu machen schien, ihn leiden zu sehen, ihm seine Macht über Leben und Tod zu demonstrieren.

»Doch vorher die gute Nachricht.«

Er zuckte zusammen, als der Wahnsinnige plötzlich innehielt und in seine Richtung sah.

»Diese Frau bei uns, das ist nicht deine Anna … Noch nicht!«

7

JETZT

Sie spürte ihren Herzschlag bis in die Schläfen, ihre Finger zitterten, der Hals war viel zu eng. Beinahe war es, als stünde sie kurz davor, zu ersticken, doch in Wahrheit hyperventilierte sie nur – wie immer, wenn sie etwas aufregte oder ängstigte.

Das Entsetzen lähmte sie buchstäblich, während ihre Augen den Umschlag auf dem Küchentisch fixierten. Sie hatte es noch nicht fertiggebracht, hineinzusehen, wusste sie doch auch so, was sie erwartete. Die Drohung auf dem Foto des ersten Umschlags war deutlich gewesen. *Keine Polizei!*

Und wenn man es aus Sicht des Absenders betrachtete, hatte sie diese eine Regel innerhalb kürzester Zeit gebrochen. Sie war bei der Polizei gewesen, zwar nicht, um dort von dem Umschlag zu berichten, doch das wusste der Versender nicht. Er – oder sie – musste annehmen, dass sie den Beamten von dem Umschlag erzählt und somit die Regeln verletzt hatte. Doch anders herum – was hätte sie anderes machen können? Der Termin zur Befragung war fest gewesen und nicht aufzutauchen oder sich krank zu melden, hätten die Ermittler in Anbetracht der Umstände sicher nicht gelten lassen. Sie hätten darauf bestanden, dass sie trotz allem vorbeikäme, sie vielleicht sogar abgeholt oder offiziell vorladen lassen. War es daher nicht sogar sicherer, wie sie es getan hatte? Doch wie zum Teufel konnte sie das demjenigen, der ihr das alles antat, begreiflich machen? Sie hatte weder eine Handynummer, wo sie anrufen konnte, noch sonst einen Kontakt zum Drahtzieher der Aktion. Also war sie im Grunde dazu verdammt, hier zu sitzen und alles hilflos über sich ergehen zu lassen, selbst wenn das bedeutete, dass sie nun dafür verantwortlich war, wenn Sebastian oder Marie etwas zustieße. Sie sog die Luft scharf ein, stieß sie langsam wieder aus, ignorierte das Stechen hinter ihrer Stirn, das Rasen ihres Herzens, den Geschmack bitterer Galle in ihrem Mund. Zögernd streckte sie die Hand aus, strich über das Papier, drückte auf den unteren Teil des Umschlags, spürte eine leichte Erhebung, die ihr den Atem erschwerte.

Sie stand auf, ging zum Fenster, sah auf die Straße hinunter. Sie fragte sich, womit sie es verdient hatte, dass der eigentlich schönste Tag im Leben einer Frau gerade für sie zum Albtraum wurde. Beim Gedanken an Sabrina und Jan wurde ihr noch übler. Die beiden hatten es noch schlechter getroffen als sie, denn sie vermissten ihre kleine Tochter. Zwar glaubten sie nach wie vor, dass Marie aus Angst weggelaufen war und sich versteckt hatte, sie sie bald schon wieder zurückbekämen, doch Julia wusste, wie es ihnen gehen würde, sobald ihnen bewusst wurde, dass sich diese Hoffnung nicht erfüllen würde. Sie musste ihnen noch nicht einmal von dem Umschlag und der Drohung erzählen, stattdessen würden sie bald schon von selbst begreifen, was vor sich ging, wenn Marie eben nicht wieder auftauchte, nicht gefunden wurde, keiner anrief, weil er ein kleines Mädchen gesehen hatte.

Natürlich war ihr klar, was es für ihre Familie bedeutete, insbesondere für ihr Verhältnis zu ihrer Schwester, wenn herauskäme, dass sie ein so wichtiges Ermittlungsindiz zurückgehalten und sogar verschwiegen hatte.

Sie seufzte, ging zurück zum Tisch, setzte sich. Fakt war, dass sie nur geschwiegen hatte, weil sie weder ihre kleine Nichte noch ihren Mann gefährden wollte. Hinzukam der Schock, welcher ihr, ausgelöst durch den ersten Umschlag, noch immer die Sinne vernebelte. Das mussten sowohl ihre Familie als auch die Polizei berücksichtigen. Sie schluckte, streckte ihre Hand nach dem Umschlag aus, zuckte zurück. Als sie schließlich den Mut fand, den Umschlag zu öffnen, hatte sie kurzzeitig das Gefühl, umzukippen. All das, was ihr seit gestern widerfahren war, übertraf ihre persönliche Grenze des Erträglichen. Allein das Wissen, dass sich zwei geliebte Menschen in den

Händen einer Person befanden, die auch vor brutaler Gewalt nicht zurückschreckte, war unvorstellbar grausam und würde ganz sicher ihre Entscheidung, der Forderung des Absenders nachzukommen, erklären.

Julia atmete tief durch, nahm den Umschlag, riss ihn mit einer einzigen Handbewegung auf. Sie spähte hinein, japste, erkannte an den Papierinnenwänden Blutspuren. Ihre Finger zitterten, als sie hineingriff und einen fein säuberlich ausgeschnittenen Zeitungsartikel herauszog. Sie stockte, als sie begriff, dass es sich um einen Artikel handelte, welcher in der Ostseezeitung erschienen war. Julia fing an zu lesen, die Namen waren zwar geschwärzt worden, trotzdem wurde ihr klar, dass es darin um eine Frau ging, die bei einem Unfall getötet worden war. Laut Bericht vermutete die Polizei, dass es sich bei dem Unfall um einen geplanten Suizid handelte, da alle Spuren darauf hinzuweisen schienen. Julia legte den Zeitungsausschnitt beiseite, sah in den Umschlag. Darin befand sich ganz am Boden eine hellrosafarbene Masse, die sie erst beim zweiten Hinsehen als Teil eines menschlichen Ohrs identifizieren konnte. Sie keuchte auf, ließ den Umschlag fallen, als habe sie sich an dem Papier die Hände verbrannt. Ihre Augen füllten sich mit Tränen, als ihr klar wurde, dass sie das furchtbare Ding herausnehmen musste, um erkennen zu können, ob es sich dabei um den Körperteil eines Erwachsenen handelte oder um den eines Kindes. In Gedanken stellte sie sich ihre kleine Nichte vor, wie sie irgendwo im Dunkeln saß, Angst hatte und nach ihrer Mama schrie. Nicht auszudenken, wenn es sich bei dem Ohr tatsächlich um das von Marie ... Julia sprang auf, schüttelte den Kopf, als würde sie die grauenhafteste aller Möglichkeiten so von ihr abperlen lassen können. Trotzdem wurde sie das Bild nicht los, fing an zu weinen. Schließlich setzte sie sich wieder, griff mit angehaltenem Atem in den Umschlag, zog die fleischige Masse daraus hervor. Ein leiser Schrei entwich ihr – Erleichterung vielleicht – als feststand, dass es sich nicht um Maries Ohr handeln konnte. Die Erkenntnis kam mit der Intensität eines Holzhammers. Wenn es nicht das Ohr ihrer Nichte war, hatte jemand das ihrem Ehemann zugefügt.

Sie sank auf die Knie, ließ den Kopf hängen, wusste nicht, ob sie jemals wieder dazu imstande sein würde, aufzustehen. Sie konnte noch nicht einmal sagen, was genau sie in diesem Augenblick fühlte.

Die vorherrschende Emotion war Angst. Verzweiflung vielleicht noch. Und grenzenlose Wut. Sie hatte in Filmen oft gesehen, wie Menschen durch Schicksalsschläge über sich hinauswuchsen, zu Helden wurden, doch sie selbst fühlte sich seit gestern kleiner und unbedeutender denn je. Ihr Handy fing an, zu summen, und im ersten Moment hatte Julia weder Kraft noch Lust, den Anruf anzunehmen, bis ihr der Anwalt einfiel. Hatte er nicht gesagt, er würde diesen Typen kontaktieren und versuchen, dass er sie zurückriefe? Sie rappelte sich hoch, stürzte zu ihrem Handy am Küchentisch, riss es an sich, drückte auf Gesprächsannahme.

»Gross«, kam eine männliche, dunkle Stimme sofort auf den Punkt. »Ich hab Ihre Nummer von Grabner, Sie sind Julia Stecher?«

Sie seufzte erleichtert, schloss für einen Moment die Augen. »Ja.« Sie schluckte hart, schnappte nach Luft. »Es geht um Leben und Tod und ich habe gehört, dass Sie …«

»Ich weiß, was los ist«, unterbrach er sie ohne jegliches Mitgefühl in der Stimme. »Ich war kurz auf der Hochzeit, hab mitbekommen, dass Ihr Mann nicht aufgetaucht ist. Ich bin der, dessen Handy dauernd geklingelt hat.« Er stieß ein freudloses Lachen aus. »Wie kommen Sie eigentlich darauf, dass er sich in Lebensgefahr befindet?«, wollte er dann wissen.

»Meine Nichte ist ebenfalls verschwunden. Und ich weiß nicht, ob Sie das mit dem Blut in der Kirche noch mitbekommen haben?«

Gross brummte einen unterdrückten Fluch in den Hörer. »Das heißt doch noch gar nichts«, sagte er schließlich barsch. »Junggesellenabschiede können schon mal fies enden.«

Julia erzählte ihm kurz und knapp von den beiden Umschlägen und deren grausigen Inhalten.

Danach blieb es stumm in der Leitung.

»Sind Sie noch da?«, fragte Julia nach einer Weile.

Ein Brummen ertönte.

Kurz darauf ein leises Stöhnen. »Keine Zeit im Moment«, sagte er kurz angebunden. »Gehen Sie zu den Bullen, dafür sind die zuständig.«

»Rede ich Chinesisch?«, begehrte Julia auf. »Als ich nach dem ersten Umschlag bei meinem Befragungstermin war, kam wenige Stunden später ein zweiter Umschlag mit einem halben Ohr hier an!«

Gross stöhnte erneut, räusperte sich. »Okay«, murmelte er. »Ich kann im Moment nicht weg, aber wenn sie mir ein oder zwei Tage Zeit geben, sehe ich mal, ob ich helfen kann.«

»In ein oder zwei Tagen?«, rief Julia hysterisch. »In der Zeit kann alles Mögliche passieren. Was denken Sie, wie ich meiner Familie erkläre, dass ich zwei Tage lang die Hände in den Schoß gelegt habe, während Marie und mein Mann sich in der Gewalt eines Psychos befinden?«

»Ist denn bisher eine Forderung oder so was eingegangen?«

»Nein. Nur die Drohung, keine Polizei oder es sterben Menschen.«

»Ich schlage vor, Sie halten die Füße still und machen, was von Ihnen verlangt wird. Die Polizei ermittelt sowieso schon in alle Richtungen, da kommt es auf einen oder zwei Tage auch nicht mehr an.«

Julia seufzte, als ihr klar wurde, dass sie keine Wahl hatte. »Also gut«, stieß sie aus. »Sie melden sich wieder bei mir?«

»Hab ich doch gesagt!« Das Freizeichen ertönte.

Gross hatte aufgelegt.

»Arschloch«, murmelte Julia und sofort sah sie den Lederjackentypen in der Kirche vor Augen. Genauso hatte sie ihn sich vorgestellt. Ungehobelt, mies drauf, nervtötend.

Sie ballte die Hände zu Fäusten, sah zu dem Zeitungsartikel auf dem Tisch, als ihr plötzlich eiskalt wurde.

Der Absender der Briefe wollte sie gar nicht erschrecken oder ihr drohen. Das Foto von dem Friedhofstor, der Bericht – all das war vielmehr als Einladung zu verstehen. Jemand wollte sie durch diese Hinweise dazu bringen, heimzukommen. Heim nach Usedom.

Sie zuckte zusammen, als es an der Tür klingelte. Dann hämmerte jemand dagegen, wieder und wieder.

»Julia, mach auf«, hörte sie die ungeduldige Stimme ihres Schwagers und seufzte. Sie schob den Bericht in den Umschlag zurück, das Ohr ebenfalls, wischte den Tisch ab. Schließlich ging sie zur Tür, öffnete, sah ihre Schwester und Jan vor sich stehen. Sabrina hatte verquollene Augen und schluchzte leise. »Sie haben meine Kleine immer noch nicht gefunden«, sagte Jan tonlos und fixierte Julia mit seinem Blick. »All die Bemühungen der Polizei, die Online-Vermisstenanzeige, die Aufrufe im Radio und Fernsehen, die Suche in der Innenstadt – alles umsonst, es fehlt jede Spur von ihr.« Sabrina fing heftiger an zu weinen, ließ sich in Julias Arme fallen. »Ich glaube, so langsam verliert selbst die Polizei die Hoffnung, Marie wohlbehalten zu finden. Als ich vorhin mit denen telefoniert habe, klangen sie nicht mehr so zuversichtlich wie gestern noch. Dazu kommt – Mama hatte heute Nacht einen Schwächeanfall. Wir mussten sie ins Krankenhaus bringen, Gott sei Dank war es nichts Ernstes.« Nach einer Weile ließ sie von ihr ab, schob Julia eine Armeslänge von sich weg. »Warum bist du gestern Abend und in der Nacht nicht ans Telefon gegangen?«

Julia senkte den Blick. »Ich hatte was getrunken«, murmelte sie betreten, sah auf. »Ich hab mich so hilflos gefühlt, so elend und voller Angst, wollte nur ein paar Stunden meinen Frieden und etwas Schlaf.«

Jan stieß einen verächtlichen Grunzton aus, den Sabrina mit einem bösen Blick kommentierte. »Ich weiß, dass du wegen deines Mannes genauso in Sorge bist wie wir«, sagte sie schließlich zu Julia, »Marie … sie ist noch so klein. Bestimmt hat sie furchtbare Angst.«

»Was erwartest du von mir?«, wollte Julia wissen.

Sabrina hob die Schultern, sah zu ihrem Mann.

Jan verzog das Gesicht. »Ich bin absolut sicher, dass das alles irgendwas mit Sebastians krummen Geschäften zu tun hat. Sagtest du nicht vor ein paar Monaten, dass er für eine große Firma Informationen beschafft hat? Und soweit ich mich erinnere, war das alles nicht gerade legal.«

Julia seufzte.

Was Jan sagte, stimmte leider.

Sebastian arbeitete hauptberuflich als Informatiker in einer großen Firma, die sich der Sicherung von Daten von Großkonzernen widmete, doch hin und wieder nahm er gegen Barzahlung auch Aufträge an, bei denen er Codes und Daten hacken musste, damit seine Auftraggeber diese weiterverkaufen konnten.

Jan nahm also an, dass ein solcher Auftrag ihrem Mann zum Verhängnis geworden war und auch seine Tochter in Gefahr gebracht hatte. Sie holte tief Luft, legte einen, wie sie hoffte, überzeugenden Gesichtsausdruck auf. »Das alles hat ganz sicher nichts mit Sebastians Job zu tun. Und selbst wenn …«, schoss sie hinterher, »wird die Polizei das auch herausfinden. Bis dahin müssen wir abwarten und das Beste hoffen – mehr kann ich auch nicht machen.«

Jan musterte sie durchdringend. »Ich sehe dir doch an, dass da etwas ist, das du nicht sagen willst.« Er legte den Kopf schief, nahm Sabrina beim Arm, wandte sich zum Gehen. Er war schon fast am ersten Treppenabsatz, als er sich noch mal nach ihr umdrehte. Er zog Sabrina an sich und Julia fiel auf, dass ihre Schwester schwach nickte. Jan musterte Julia finster. »Wenn unserer Tochter etwas zustößt, sind wir für alle Zeiten fertig mit dir!«

Wieder allein in ihrer Wohnung setzte Julia sich an den Tisch in der Küche, starrte auf ihr Handy.

Ein Teil von ihr – der vernünftigere, rationale Teil –

schrie danach, sich dem Absender der Drohbriefe zu widersetzen und die Polizei einzuweihen. Dann läge alles, was in Zukunft geschähe, nicht mehr in ihren Händen. Julia war sicher, dass Sebastian selbst, Jan, Sabrina und auch ihre Mutter diese Möglichkeit als die einzig richtige einstufen würden. Die Frage war also, warum sie sich für sie als absolut falsch anfühlte?

Würde nicht jeder normale und klar denkende Mensch in einer solchen Situation die Polizei um Hilfe bitten?

Sofort hatte sie die krakelige rote Schrift wieder vor Augen.

Eine Drohung, die deutlicher nicht hätte sein können. Sollte sie tatsächlich das Leben zweier Menschen riskieren, nur um das Richtige zu tun?

Das Leben eines Kindes, das alles noch vor sich hatte.

Oder das ihres Mannes, den sie mehr liebte als alles andere, sogar mehr als ihr eigenes Leben?

Und überhaupt? Wie kam Jan darauf, zu unterstellen, alles hinge mit irgendwelchen illegalen Jobs ihres Mannes zusammen?

Julia seufzte. Sie kannte die Antwort auf diese Frage selbstverständlich.

Weil er eine Wahnsinnsangst um seine Tochter hatte und alles besser war, als herumzusitzen und absolut gar nichts zu tun.

So wie sie es seit gestern tat. Sie stand auf, holte tief Luft, ließ den Kopf kreisen, während sie überlegte.

Im Grunde war sie der Polizei und allen anderen mehrere Schritte voraus. Diesen »Vorteil« sollte sie nutzen, anstatt sich die Haare zu raufen und mit ihrem Schicksal zu hadern. In ihrem Kopf drehte sich alles, dann durchfuhr sie ein Stromstoß. Das Begreifen donnerte ihr mit solcher Wucht ins Gehirn, dass sie sich an der Arbeitsplatte festhalten musste, um nicht in die Knie zu gehen. Ein hysterisches Lachen drang aus ihrer Kehle. Es war doch vollkommen offensichtlich, warum war sie da nicht gleich darauf gekommen? Das war mal wieder typisch für sie. Ihr Atem ging nur noch stoßweise, als sie zur Schublade ging, die Umschläge herausriss, das Foto aus dem ersten, den Bericht aus dem zweiten entnahm. Sie stieß die Luft aus, als ihr klar wurde, was längst offensichtlich war. Wenn sie ihre Nichte und Sebastian retten wollte, musste sie nur hier weg! Zwar wusste sie nichts über den Aufenthaltsort der beiden, doch der Inhalt der Umschläge enthielt alle Hinweise, die sie im Augenblick brauchte. Sie schloss die Augen, sah plötzlich alles ganz glasklar vor sich.

Des Rätsels Lösung verbarg sich allem Anschein nach nämlich nicht in Berlin, sondern knappe 250 Kilometer weit weg – auf Usedom.

8

JETZT

Endlich war das Geschrei verstummt. Sie schämte sich für diesen egoistischen Gedanken, doch am Ende lief es tatsächlich darauf hinaus. Sie war froh, dass sie auf ihre innere Stimme gehört und sich still verhalten, nicht einen Mucks von sich gegeben hatte. Seit sie hier unten, an diesem furchtbaren Ort zu sich gekommen war, hatte sie mit sich gerungen, ob sie schreien und sich bemerkbar machen sollte oder nicht. Sie hatte solche Angst gehabt, als sie aus der Bewusstlosigkeit erwacht war. Hatte im ersten Augenblick nicht überrissen, wie sie hierhergekommen war, dann, plötzlich, war ihr alles wieder eingefallen. Sie war von der Arbeit nach Hause gekommen, hatte sich auf einen ruhigen Abend gefreut, sich ein Glas Wein eingeschenkt und eine heiße Dusche genommen. Anschließend hatte sie es sich in ihrem Lesesessel bequem gemacht und ein wenig gelesen, als es losgegangen war. Von einer auf die andere Sekunde hatte sie gespürt, dass außer ihr noch jemand in der Wohnung war. Sie hatte angenommen, dass Joe, ihr Ex, doch noch über einen Ersatzschlüssel verfügte, und war wütend und panisch zugleich aus ihrem Sessel aufgesprungen, um in der Wohnung nachzusehen, doch sie hatte ihn nicht gefunden. Schließlich hatte sie sich aufs Bett gesetzt und darüber den Kopf geschüttelt, dass ihr Ex es mal wieder, selbst über das Ende ihrer Beziehung hinweg, schaffte, sie zu verunsichern, hatte es schließlich hinbekommen, sich selbst zu beruhigen, als sie es gehört hatte. Ein leises Geräusch, das sie zuerst nicht hätte definieren oder beschreiben können, bis ihr endlich aufging, dass es ein Kichern war. Ein leises Lachen, das von unter ihrem Bett herkam und gerade als sie aufspringen und sich in Sicherheit bringen wollte, schoss eine Hand darunter hervor, umklammerte ihren linken Fuß, brachte sie ins Straucheln. Danach war sie in diesem muffig stinkenden Kellerverlies zu sich gekommen. Wer auch immer ihr das angetan hatte, musste sie betäubt haben, denn ihr Kopf schmerzte noch immer höllisch und sie hatte einen metallischen Geschmack im Mund, der sie würgen ließ.

Und schließlich, nach stundenlanger Verzweiflung im Dunkeln ihres Gefängnisses hatte sie ihn gehört. Einen Mann, aus dessen Stimme sie heraushörte, dass er ebenfalls Angst hatte. Er musste ihr leises Weinen und verzweifeltes Wimmern gehört haben und forderte sie dazu auf, sich zu erkennen zu geben. So wie sie das sah, hielt er sie zunächst für jemand anderen, vielleicht für eine Frau, die ihm nahestand – seine Frau. Er hatte zuerst geflüstert, danach gerufen, war immer lauter geworden, bis er nicht mehr hatte an sich halten können. Er wollte wissen, wer sie war, wollte sich wahrscheinlich nur ein wenig unterhalten, um der Dunkelheit den Schrecken zu nehmen, doch irgendwas hatte sie schweigen lassen. Es war wie eine innere Stimme, die sie gewarnt hatte, ein leises Flüstern in ihrem Kopf, eine Drohung in Form eines eisigen Schauers, den sie auf ihrer Haut spürte. Kurz war sie versucht gewesen, dem Mann zu antworten, und sei es nur, um ihm den Mund zu verbieten, ihm zu sagen, er solle still sein, um nicht ihrer beider Leben zu gefährden. Irgendwann hatte sie verstanden, dass es nicht nur Angst war, die den Mann zu diesem Schritt getrieben hatte, sondern Wut und Hass auf jene Person. Ihr Innerstes zog sich schmerzhaft zusammen, als sie sich an den Moment erinnerte, in dem sie überwältigt worden war.

Sie hatte solche Angst gehabt. Angst davor, dass Joe nun endgültig den Verstand verloren hatte. Doch als sie den Mann mit der Skimaske über sich gesehen hatte, der sie so voller Hass anstarrte, wusste sie, dass alles besser wäre, sogar Joe, als das, was in der Realität gerade vor sich ging. Und eben diese Augen waren es auch gewesen, die sie hatten wissen lassen, dass sie sterben würde – qualvoll verrecken –, wenn sie nicht genau das tat, was ihr Entführer von ihr verlangte. Und natürlich war ihr klar gewesen, dass laut zu schreien oder sich mit ihrem Mitgefangenen zu unterhalten, zu genau den Dingen zählte, von denen sie wusste, dass sie falsch waren. Hinzu kam, dass sie im ersten Moment gar nicht hatte sicher sein können, ob sich der Mann, der da nach ihr rief, tatsächlich in einer ähnlichen Lage befand. Genauso gut hätte es sein können, dass dieser Verrückte sich einen Spaß mit ihr machte und selbst hinter den Rufen steckte. Was also, wenn sie darauf reagierte, obwohl alles nur eine böse List war?

Eingefädelt von einem Monster, das sie mit Haut und Haar verschlingen würde? Was würde er mit ihr anstellen, wenn sie nicht kooperierte? Sie sofort töten?

Doch machte das überhaupt einen Unterschied, ob sie heute oder irgendwann anders starb? Schließlich war sie still geblieben, hatte das Rufen versucht zu ignorieren. Und selbst als sie mitbekommen hatte, dass diese Stimme zu jemandem gehörte, der tatsächlich genauso viel Angst zu haben schien wie sie selbst, war sie ruhig geblieben, hatte sich lediglich zugestanden, ein paar ängstliche Tränen zu vergießen, weil ihr das Weinen dabei half, nicht vollends den Verstand zu verlieren.

Und dann war es zum Super-GAU gekommen. Sie war in ihrer dunklen Zelle bis ganz an die Wand gekrochen, hatte sich dort mit dem Rücken an den feuchtkalten Beton zusammengerollt, die Augen fest zusammengekniffen, hatte sich mit jeder Faser ihres Körpers gewünscht, dass alles nur ein Albtraum war, sie jeden Augenblick im Schutze ihrer Wohnung aufwachen und sich alles nur als böser Traum herausstellen würde.

Dann hatte sie es gespürt. Ihre feuchten Klamotten am Unterleib, die dafür sorgten, dass sie noch mehr fror. Der Durst, der ihre Gedanken verschwimmen ließ, das Brennen im Hals. All diese unangenehmen Gefühle verdankte sie schließlich die grauenvolle Erkenntnis, dass nichts von alledem nur ein Traum war. Alles, was um sie herum geschah, alles, was ihr selbst in genau diesem Moment passierte, war real. So real, wie die Säure in ihrem Urin, die ihre Haut reizte, sie frösteln ließ. Einem plötzlichen Impuls folgend hatte sie sich die Hose vom Leib gerissen, den nassen Schlüpfer ebenfalls und obwohl es sich so gut angefühlt hatte, trocken und beinahe sauber, hatte die Kälte sie schließlich gezwungen, wieder in ihre verdreckte Kleidung zu schlüpfen. Als sie nach ihrer hektischen An- und Auszieherei schließlich erschöpft auf dem kalten Boden zusammengesunken war, hatte sie es gehört. Ein Geräusch, das klang, als würde jemand ganz in ihrer Nähe mit der Zunge schnalzen. Dann ein leises Lachen und schließlich hatte sie gesehen, wie sich seine Umrisse nur einen knappen Meter neben ihr aus der Dunkelheit schälten. Er kam auf sie zu, ging vor ihr in die Hocke und sie war darüber so verängstigt, dass sie nicht in der Lage war, auch nur einen Ton von sich zu geben, geschweige denn, zurückzuweichen. Und so saß sie am Ende nur da, starrte ihren Entführer an, wohl wissend, dass er sie beide reingelegt hatte. Ihren Mitgefangenen, der jetzt würde büßen müssen, dafür, dass er es auch nur gewagt hatte, sich gegen den Mann zu stellen, der ihnen beiden all das antat. Und natürlich hatte er auch sie reingelegt. Nicht, dass das, was sie hier unten fühlte, auch nur einem winzigen Gefühl von Sicherheit nahekam – so war es nicht. Aber dennoch hatte sie sich zumindest unbeobachtet gefühlt, während sie sich ihre Klamotten an und wieder ausgezogen hatte und genau das machte ihr jetzt zu schaffen. Er war so nah neben ihr in der Dunkelheit verborgen gewesen, dass er auf alle Fälle gerochen haben musste, dass sie sich eingenässt hatte. Er hatte mitbekommen, wie sie mit sich selbst gerungen hatte, hatte sich wahrscheinlich darüber amüsiert, sich einen Spaß aus ihrer Panik gemacht. Als er seine Hand ausstreckte, wich sie vor ihm zurück, sog die Luft ein, stieß einen spitzen Schrei aus, als er ihr Gesicht berührte. Sie öffnete den Mund, doch im Bruchteil von Sekunden war er noch näher bei ihr, presste ihr seine Handfläche hart auf die Lippen. Sie sah, wie er mit der anderen den Zeigefinger in die Luft streckte, damit schließlich seinen Mund berührte. Sie verstand auf Anhieb, was er von ihr wollte. Sie nickte panisch und augenblicklich ließ er von ihr ab, rückte ein Stück von ihr weg. Er hob etwas vom Boden auf, schwenkte damit vor ihrem Gesicht herum. Sie erkannte einen länglichen Gegenstand und es dauerte noch eine gefühlte Ewigkeit, ehe ihr aufging, dass es sich um eine Flasche handelte. Sie konnte nichts dagegen tun, sich weder zügeln noch bremsen, funktionierte nur noch. Sie riss an der Flasche, seufzte erleichtert, als der Mann sie losließ. Hastig drehte sie den Verschluss auf, genoss das leise Zischen, setzte zum ersten Schluck an. Er hatte ihr Limonade gebracht und obwohl sie normalerweise aus Gründen einer gesunden Ernährung nur noch Wasser und Tee zu sich nahm, sogar auf Alkohol verzichtete, schmeckte diese Limonade für sie wie der flüssige Himmel.

Hunger verspürte sie keinen, dafür hatte sie das starke Verlangen nach etwas Trockenem anzuziehen, doch sie wusste natürlich, dass sie mit dieser Bitte bei ihrem Peiniger auf Unverständnis stoßen würde, also schwieg sie. Sie trank noch einen Schluck, wusste nicht, was der Mann von ihr wollte, doch dann hörte sie es schließlich. Das leise Rufen des Mannes in einer der Zellen neben ihr. Anfangs leise und zögernd wurde seine Stimme mit jedem Ruf lauter und fordernder. Ihr wurde klar, was ihr Entführer bezweckte. Er wollte den Mann aus der Reserve locken, ihn glauben lassen, dass sie beide alleine hier unten waren. Er wollte, dass der Mann wieder mit ihr sprach, er wusste, dass ihr Mitgefangener zwar genauso viel Angst hatte wie sie, er jedoch auch noch über etwas Kampfgeist im Leib verfügte.

Anders als sie schien dieser Mann noch etwas in

seinem Leben zu haben, für das es sich zu kämpfen lohnte. Eine Ehefrau und vielleicht sogar Kinder. Einen Job, Freunde.

Sie selbst besaß im Grunde nicht viel. Einen tollen Arbeitsplatz – okay. Kollegen, die sie mochte – zwei davon besonders – auch okay. Doch da war im Gegenzug auch Joe, ihr extrem eifersüchtiger Exmann, der sie geschlagen und gedemütigt hatte, so sehr, dass sie letztes Jahr sogar ihr gemeinsames Kind verloren hatte. Sie war im dritten Monat gewesen, ganz am Anfang also noch, dennoch hatte sie schon Muttergefühle für dieses winzige Häufchen Mensch empfunden und endlich, endlich den Willen aufgebracht, sich endgültig von Johannes zu trennen, den letzten großen Schritt auch richtig durchzuziehen, weil sie wusste, dass alles besser war, sogar ein Leben als Alleinerziehende, als mit diesem Kerl ein Kind großzuziehen. Und tatsächlich hatte sie den Mut aufgebracht, ihm zu sagen, dass es vorbei war, woraufhin er ausgerastet war und sie verdroschen hatte.

Am nächsten Tag waren da diese Schmerzen gewesen, leicht ziehend, später immer stärker werdend und dann hatte sie es gewusst – sie würde das Baby verlieren, es hatte einfach nicht sein sollen. Nicht von Joe und vielleicht, wirklich nur vielleicht, war es auch besser so. Sie hatte die schmerzhafte Fehlgeburt hinter sich gebracht, alleine in ihrer Wohnung, hatte sich währenddessen geschworen, dass sie Joe irgendwann dafür bezahlen lassen würde. Irgendwann war der

Hass vergangen und sie hatte nur noch Leere gespürt. Eine unendliche Leere, die sie bis heute nicht mehr hatte ausfüllen können, obwohl es ihr inzwischen nicht mehr so abwegig erschien, dass es irgendwann wieder vorwärts gehen könnte. Doch nun … Nun saß sie hier, in diesem Kellerverlies und haderte mit all dem, was sie verloren hatte, wohl wissend, dass jede gelebte Minute ihre letzte sein konnte.

Wieder ein Schrei von dem Mann neben ihr. »Sag doch was«, forderte er. »Ich muss wissen, wer du bist und warum wir hier sind. Vielleicht haben wir zusammen eine Chance, das zu beenden.«

Der Mann vor ihr hatte noch immer seine Fingerspitze auf seinem Mund. Als er die Hand sinken ließ, erkannte sie das Zucken seiner Mundwinkel. Der Irre stand kurz davor, in ein amüsiertes Lachen auszubrechen, während der Mann in der Zelle neben ihr vor Angst und Verzweiflung beinahe verrückt wurde.

Sie beobachtete schweigend, wie der Mann aufstand, sich drohend vor ihr aufbaute, wieder seinen Finger zum Mund hob, den Kopf schief legte. Sie wusste, was diese Geste zu bedeuten hatte, nickte daher stumm, barg ihr Gesicht in den Händen. Dann wartete sie ab, bis das laute Klirren ertönte. Der Irre lachend zu dem Mann ging, ihm offenbarte, dass er erneut in die Falle getappt war. Dann gingen die Schreie wieder los. Sie wusste weder, was das Monster ihrem Leidensgenossen antat, noch, ob sie auf Dauer davon verschont bliebe, doch hier und heute, in genau diesem Augenblick war sie dankbar, dass diese Schreie nicht von ihr stammten. Sie presste ihre Lippen fest aufeinander, kniff die Augen zusammen, hob die Hände, um sich die Ohren zuzuhalten. Es hatte keinen Zweck. Die Schreie des Mannes wurden immer spitzer, immer lauter und hysterischer, bis sie nicht mehr nur die Dunkelheit ausfüllten, sondern auch ihr Innerstes.

Er flehte und bettelte, doch das Monster kannte kein Erbarmen.

Selbstverständlich nicht!

Und da wusste sie es plötzlich.

Die Stimme des Mannes, sein eigenartig rollender Akzent, gemischt mit dem vertrauten Dialekt – sie hatte beides schon einmal gehört.

Sie öffnete die Augen, stand auf, ging zum Tor ihres Gefängnisses, presste ihre linke Schläfe gegen einen der Stäbe, hörte einige Sekunden lang konzentriert hin.

Danach atmete sie tief durch.

Auf einmal war sie absolut sicher …

Sie kannte den schreienden Mann.

Auch wenn sie ihn vor langer … sehr langer Zeit das letzte Mal gesehen hatte.

Und dass sie beide nun an diesem Ort, nach all den Jahren wieder vereint waren, machte ihr eine Heidenangst.

Schließlich zwang sie die Erkenntnis in die Knie …

Sie stöhnte, als ihr die Beine wegsackten, schnappte nach Luft.

Dieses Monster … es würde keinen von ihnen jemals wieder hier weg lassen.

Und sie hatte immer geahnt, dass es eines Tages so kommen würde.

Dass sie verdammt waren.

Sie alle.

Nicht erst seit heute.

Auch nicht erst seit gestern.

Vielleicht hatte sie es sogar in ihren Träumen gesehen?

Dass sie irgendwann für alles bezahlen und sich verantworten mussten. Tränen liefen ihr über die Wangen, als erneut ein Schrei durch die Dunkelheit gellte.

Wie hatte sie nur jemals annehmen können, dass irgendwann alles gut würde?

Wie hatte sie derart naiv sein können?

Himmel hilf, betete sie im Stillen, *auch wenn ich es nicht anders verdient habe. Auch wenn wir alle es nicht anders verdient haben!*

Dann verstummten die Schreie plötzlich …

9

JETZT

Die Fahrt von Berlin bis nach Wolgast war verhältnismäßig gut verlaufen. Kaum Stau, wenig Betrieb, sodass Julia in den zwei Stunden Gelegenheit gefunden hatte, sich genau zu überlegen, was sie als Erstes tun würde. Sie konnte die Wolgaster Brücke hinüber auf die Insel bereits sehen, als sie erschrocken auf die Bremse trat und rechts ran fuhr. Ihr Herz hämmerte hart gegen ihren Brustkorb und sie spürte leichte Übelkeit aufsteigen. Resigniert schloss sie die Augen, stöhnte leise angesichts ihrer eigenen Blödheit. Sie schlug ein paar Mal ihren Hinterkopf gegen die Stütze. Wie hatte sie das nur vergessen können? Sie hatte der Polizistin zugesichert, dass sie da sein würde, damit deren Kollegen Sebastians Laptop abholen konnten. Was würden die Ermittler wohl davon halten, dass sie auf und davon war?

Kurz rang sie mit sich, die Frau anzurufen, doch sie

wusste nicht, inwiefern dieser Irre ihren Anruf mitbekäme. Sie wollte weder Sebastians noch Maries Leben gefährden, also musste sie da jetzt anderweitig durch. Okay, es stieß den Beamten sicherlich sauer auf, dass sie verschwunden war, andererseits galt sie nicht als verdächtig in dem Fall, durfte also gehen, wohin sie wollte. Sie würden bestimmt denken, dass sie die Nerven verloren hatte, sich vielleicht mit Sabrina oder ihrer Mutter in Verbindung setzen. Doch was, wenn die beiden sich wegen ihrer überstürzten Abreise Sorgen machten? Sie auch noch als vermisst meldeten? Andererseits musste sie unbedingt vermeiden, dass ihre Familie erfuhr, wo genau sie sich aufhielt. Und warum … Sie startete den Wagen, versuchte, die trüben Gedanken aus ihrem Kopf zu vertreiben. Als sie die Brücke passiert hatte und sich auf der Landstraße befand, die zu den Kaiserbädern führte, beschleunigte sie. Wenn alles gut ginge, wäre sie in weniger als einer Stunde am Haus ihrer Mutter. Sie würde ihre Klamotten ablegen, sich kurz frisch machen und zuerst zum Friedhof fahren. Sie wollte sich höchstpersönlich und vor Ort davon überzeugen, dass dieses Friedhofstor auf dem Bild aus dem ersten Umschlag tatsächlich das vom Ahlbecker Friedhof war. Danach würde sie die Redaktion der Ostseezeitung kontaktieren und anschließend weitersehen. Insgesamt ergab das alles bislang keinen Sinn für sie, doch so langsam bekam sie eine düstere Vorahnung, wohin das alles letztendlich führen würde. Als sie das Ortsschild von

Korswandt passierte, verkrampfte sich ihr Körper. Sie war so lange nicht mehr da gewesen, dass es sich nicht richtig anfühlte, unter diesen Umständen herzukommen. Alles sah ganz anders aus als damals und automatisch fragte Julia sich, wie es Sabrina und Jan nur aushielten, jeden ihrer Urlaube auf der Insel zu verbringen. Sie fuhr die Auffahrt zum reetgedeckten Haus ihrer Mutter hoch, stellte den Wagen ab. Dann zog sie den Schlüssel aus der Tasche, dankte ihrer Mutter im Stillen, dass sie darauf bestanden hatte, dass beide Töchter den Schlüssel zu ihrem Haus behielten. Sie schloss auf und augenblicklich umfing sie der Duft nach blumigem Putzmittel, das ihre Mutter schon benutzt hatte, als Sabrina und sie noch zu Hause gewohnt hatten. Im Innern des Hauses hatte sich im Gegensatz zur Insel kaum etwas verändert. Noch immer zierte im Wohnzimmer das riesige Bücherregal die eine Wand, das abgesessene Ledersofa stand ebenfalls noch an seinem Platz und der Lesesessel neben dem Fenster hatte zwar schon bessere Tage gesehen, doch Julia wusste, dass ihre Mutter sich niemals von dem Teil würde trennen können, weil es einst der Lieblingsplatz ihres Mannes und Vater der Mädchen gewesen war. Gedankenverloren ging Julia von Zimmer zu Zimmer und stellte erfreut fest, dass ihre Mutter selbst die beiden Mädchenzimmer im Originalzustand belassen hatte. Andere Eltern nutzten die ehemaligen Kinderzimmer ihrer Zöglinge später als Fitnessraum oder für sonstige Zwecke, ihre Mutter jedoch hatte nicht das kleinste Detail verändert. Julias Augen schwammen in Tränen, als sie auf ihr altes Bett zuging, sich setzte, sanft über den pinkfarbenen Himmel strich, der seitlich an der Wand bis zum Boden entlang führte. Sie strich über die weiße mit Spitzenbordüre gesäumten Bezüge, die so frisch rochen, als würde ihre Mutter sie wie früher alle zwei Wochen wechseln. Sie stand auf, zog nacheinander die Schubladen der rosa gestrichenen Kommode auf, begutachtete deren Inhalt, schmunzelte wehmütig über ihre alte Schminke, ihre pastellfarbenen Zopfgummies, die alten Kinderbücher. Danach ging sie in Sabrinas Zimmer, kicherte über die Poster vom jungen Brad Pitt und einigen Boy-Groups an der Wand. Sabrina war immer die Sentimentalere gewesen, deswegen stapelten sich in ihren Regalen auch ihre alten Spielsachen, von denen sie sich damals schon nicht hatte trennen können, sowie die alten Babybücher und andere teils steinalte Erinnerungsstücke. Julias Blick fiel auf Natascha, die frühere Lieblingspuppe ihrer Schwester, die sie damals überall mit hatte hinnehmen müssen. Sie nahm Natascha in die Hand und augenblicklich wurde ihr schwer ums Herz. Sie sah Marie vor Augen, ihre kleine Nichte, die sich in der Gewalt eines Geisteskranken befand und bestimmt schrecklich leiden musste. Julia stellte sich vor, dass Sebastian bei ihr wäre, das machte ihr die Vorstellung ein klein wenig erträglicher. Sie setzte die Puppe zurück ins Regal, ging ins Wohnzimmer, setzte sich in den Sessel ihres verstorbenen Vaters, sah zum Fenster hinaus. Früher hatte sie diesen Blick vom Fenster hinaus in den verwilderten Garten geliebt, hatte sich Märchen und aufregende Geschichten ausgedacht, was in dem Garten passieren könnte oder bereits geschehen war, doch heute löste der Blick nur Unbehagen in Julia aus. Sie konnte sich dieses Gefühl nicht so recht erklären, schob es aber seit damals schon auf den Umstand, dass sie ihren Vater viel zu früh verloren hatte und alles an diesem Haus sie an ihn erinnerte. Genau wie an ihre Großmutter, die sie wenige Jahre zuvor für immer verlassen hatte.

Julia atmete tief durch, ging in den Gang, schnappte sich ihre Tasche, stellte sie ins Gästezimmer. Sie würde die folgenden Nächte dort schlafen, denn sie brachte es irgendwie nicht über sich, in dem Raum zu nächtigen, in dem sie als Kind so glücklich gewesen war. Es war beinahe so, als scheue sie davor zurück, das Zimmer zu entweihen, genau wie das Zimmer ihrer Mutter und ihres Vaters. Im Gästezimmer hatte sie noch nie zuvor auch nur eine Nacht verbracht, es schien also wie geschaffen für diesen ersten Besuch seit Langem. Als sie schließlich aus dem Haus trat und die Tür absperrte, spürte sie plötzlich Blicke im Rücken. Ihr wurde eiskalt und für den Moment hatte sie Angst davor, sich umzudrehen, doch dann wagte sie es einfach, sah sich Adele Weimer gegenüber, der Mutter ihrer früheren Klassenkameradin und Freundin Valerie. Die Frau stand hinter dem Gartenzaun und winkte ihr zu. »Das ist ja eine Überraschung«, rief sie. »Wie lange warst du nicht mehr hier – ein paar Jahre bestimmt?«

Julia atmete tief durch, nickte lächelnd, ging auf die Frau zu, nahm sie fest in die Arme. »Wie geht es dir?«, fragte sie schließlich und schob sie auf Armeslänge von sich weg.

Adeles Blick verdüsterte sich. »Ging ehrlich gesagt schon besser.«

Erst jetzt bemerkte Julia die Kälte, die von der Frau ausging, fragte sich, ob sie etwas verpasst hatte.

»Du hast das von meiner Vally gar nicht mitbekommen, stimmts?«

Julia starrte die Frau an, spürte, wie ihr Mund immer trockener wurde, verneinte.

»Sie ist tot. Es war ein Unfall mit dem Rad.« Sie stockte und erst jetzt wurde Julia klar, was genau es war, das sie an der Frau so derartig verunsicherte. Da war eine so tief greifende Traurigkeit an ihr, gepaart mit bitterer Enttäuschung, dass Julia auf einen Schlag speiübel wurde. Und plötzlich wusste sie es wieder. Ihre Mutter hatte sie damals angerufen. Es war ein Unfall gewesen. Vally musste etwas zu viel getrunken und die Kontrolle über ihre Reflexe verloren haben. Sie war eine Böschung hinuntergefahren und hatte sich beim Sturz vom Rad das Genick gebrochen. Julia hatte wirklich zur Beerdigung kommen oder zumindest Vallys Mutter anrufen und ihr ihr Beileid aussprechen wollen, doch da war dieser Auftrag gewesen …

Julia sah Adele aufrichtig an. »Ich … es tut mir so leid«, brachte sie nun heraus. »Ich weiß, was Valerie zugestoßen ist, und ich wünschte wirklich, sie wäre noch bei uns.« Julia brach ab, schluckte. Sie sah Adele an. »Ich hab am Tag ihrer Beerdigung die ganze Zeit an euch gedacht. Es tut mir leid, dass ich nicht kommen konnte.«

Plötzlich schämte sie sich so sehr. Nicht, weil ihr der Job damals wichtiger gewesen war als der letzte Gang einer ehemaligen Freundin. Sie schämte sich, weil sie es bis heute vergessen hatte, Adele Weimer, der Frau, die damals wie eine zweite Mutter für sie gewesen war, beizustehen oder ihr wenigstens ihre Anteilnahme auszudrücken.

Adele sah sie an, senkte den Blick. »Schön, dass du mal wieder hier bist«, brachte sie schließlich heraus und holte tief Luft. Für den Moment hatte Julia den Eindruck, die Frau wolle ihr noch etwas sagen, doch dann verschloss sich Adele wieder. Sie sah Julia ein letztes Mal an, drehte sich um.

»Wie lange wirst du hier sein?«

Julia sah Adele traurig an. »Auf alle Fälle lange genug, um das Grab meiner ehemaligen Freundin zu besuchen.«

Adele sah Julia an, nickte. »Du findest meine Kleine ganz leicht. Sie liegt gleich in der ersten Reihe hinter dem großen Kastanienbaum.«

• • •

Als Julia endlich hinter dem Lenkrad ihres Wagens saß, schluckte sie. Warum zur Hölle hatte sie die Beerdigung verschwitzt, nachdem ihre Mutter sie mehrmals daran erinnert hatte? Und warum hatte sie danach nicht wenigstens bei Adele angerufen? Julia seufzte, als ihr klar wurde, dass sie die Antwort längst kannte, weil sie quasi auf der Hand lag.

Sie war nicht zur Beerdigung gekommen, weil sie diesen Ort verabscheute. Sie mochte Usedom nicht besonders, vor allem nicht die Geschwätzigkeit der Leute hier, war froh darüber, so lange davon verschont gewesen zu sein. Und angerufen hatte sie nicht, weil ihr klar gewesen war, dass Adele ihr übel nahm, dass sie nicht persönlich gekommen war.

Sie startete den Wagen, fuhr los. Wenn sie Glück hatte, konnte sie in weniger als einer halben Stunde in Ahlbeck sein. Ihr bliebe heute Abend noch genügend Zeit, mit ihren Kollegen von der Ostseezeitung in Zinnowitz über den ausgeschnittenen Zeitungsbericht zu sprechen.

Als sie den Wagen auf dem von Bäumen eingewachsenen Parkplatz des Friedhofs abstellte, spürte sie, wie ihr Innerstes sowie ihre Muskeln sich verkrampften, ihr der Schweiß in Sturzbächen den Rücken hinablief. Sie stieg aus dem Auto, reckte und streckte sich, doch ihre muskuläre Angespanntheit blieb bestehen. Sie zog die beiden Umschläge aus der Tasche, nahm aus dem ersten das Foto heraus, verglich die beiden Tore. Schon nach dem ersten kurzen Blick war Julia klar, dass sie sich nicht getäuscht hatte. Auf dem Bild handelte es sich um genau dieses schmiedeeiserne Tor, was bedeutete, dass der Absender beabsichtigt hatte, dass sie herkam.

Die Frage war nun also, warum ihm das so wichtig schien. Wusste der Versender der Umschläge, dass ihre Großmutter und ihr Vater hier ihre letzte Ruhestätte hatten? Oder ging es um etwas ganz anderes. Ein Gedankenblitz schoss von ihrem Gehirn bis in den letzten Millimeter ihres Körpers. Ging es um Vally?

Um den Unfall?

Doch wieso sollte ihr jemand all das antun, nur weil sie nicht bei deren Beerdigung gewesen war? Das erschien ihr nun wirklich etwas zu melodramatisch. Sie atmete tief durch, ging durch das Tor, lief langsam den Mittelgang entlang, bis sie bereits von Weitem den Brunnen sah, nach dem es eine Reihe weiter hinten zum Grab ihres Vaters und dessen Mutter ging. Als sie vor dem Urnengrab stand, spürte sie wieder diese Schwere in ihrer Brust und sie wünschte, dass sie bei ihrem ersten Besuch seit Jahren zumindest an Blumen gedacht hätte. Andererseits, dachte sie, wäre ihrem Vater und auch ihrer Großmutter gar nicht wichtig, ob sie etwas zur Zierde mit dabei hätte. Was beide dagegen sehr freuen würde, war, dass sie endlich wieder auf der Insel war und auch den Weg hierher gefunden hatte.

Nachdem sie noch eine Weile stumm dagestanden und an früher gedacht hatte, machte sie sich auf den Weg zu Vallys Grab. Anders als bei ihrem Vater und ihrer Oma handelte es sich bei der letzten Ruhestätte ihrer ehemaligen Freundin nicht um ein Urnengrab. Vally war in einem Sarg beerdigt worden und selbst heute noch war ihr Grab mit Bergen von Blumen überhäuft, was bedeutete, dass sie sehr geliebt worden war und von vielen Menschen vermisst wurde. Julia schluckte gegen die Trockenheit in ihrem Mund an. Dann zuckte sie zusammen. Ihr Handy in der Tasche ihrer Jeans summte. Sie zog es hervor, sah aufs Display. Fast hatte sie erwartet, dass es die Polizei wäre, stattdessen tauchte eine ihr unbekannte Nummer auf dem Display auf. Wer auch immer sich dahinter verbarg, hatte eine SMS geschickt. *Das war mein erster Streich :-) und der zweite folgt sogleich …* stand da geschrieben. Sie runzelte die Stirn, begriff nicht, was das sollte. Dann spürte sie auf einmal, wie sich all die feinen Härchen in ihrem Nacken aufrichteten. Sie wirbelte herum, sah sich hektisch um. Wurde sie beobachtet? Bedeuteten diese Worte etwa …? Schnell schüttelte sie den Kopf, machte sich auf den Rückweg zum Parkplatz. Sie lief viel zu schnell, atmete nur stoßweise und sah sich immer wieder um, kapierte, dass es diese SMS war, die ihr eine solche Angst machte.

Sie schluckte, bemerkte, dass ihre Finger zitterten, sie Mühe hatte, den Reißverschluss ihrer Handtasche zu öffnen, um darin nach dem Wagenschlüssel zu kramen. Sie war schon fast am Auto, als ein Keuchen aus ihrer Kehle drang. Dann stieß sie einen spitzen Schrei aus. Wie war das nur möglich? Sie drehte sich mehrmals im Kreis, checkte dabei ihre Umgebung ab. Stand da jemand hinter einem der Bäume und beobachtete sie? Oder saß ihr Verfolger in einem der Autos, die neben dem ihrem auf dem Platz parkten? Mit klopfendem Herzen ging sie auf einen silbernen Mercedes zu, starrte durch die Windschutzscheibe ins Innere – nichts. Dasselbe tat sie mit einem alten Fiat ein Stück weiter weg und mit einem Volvo. Als sie absolut sicher sein konnte, dass zumindest von diesen Fahrzeugen keine Gefahr ausging, streckte sie die Hand aus, zog den Umschlag hinter dem Scheibenwischer hervor. Sie schluckte gegen die Panik an, wollte ihn schon aufreißen, doch ihr fiel ein, dass sie hier, an diesem Ort ihrem Verfolger – sofern sie denn tatsächlich einen hatte – quasi ausgeliefert wäre. Er konnte sich hinter einem der Bäume versteckt halten und die Chance nutzen, sich von hinten an sie heranschleichen, um sie zu überwältigen. Sie schloss die Autotür auf, verriegelte sie hinter sich, atmete ein paar Mal tief durch. Dann nahm sie den neuen Umschlag zur Hand. Sollte sie ihn gleich hier und jetzt öffnen? Und obwohl alles in ihr darauf brannte, zu erfahren, was der Absender nun wieder von ihr wollte, zwang sie sich, ihn beiseitezulegen und das Öffnen auf später zu verschieben.

. . .

Als sie knappe zwanzig Minuten später den Wagen auf dem Parkplatz des Redaktionsgebäudes abgestellt hatte, zog sie den Bericht aus dem zweiten Umschlag hervor, betrachtete ihn. Hier und da konnte man blöderweise ein paar rote Flecken erahnen, doch Julia wusste schon, was sie sagen würde, falls jemand danach fragte. Sie schnappte sich ihre Tasche, machte sich auf den Weg zur Lobby, legte einen professionellen Gesichtsausdruck auf. An der Pforte saß eine junge und viel zu stark geschminkte Frau, die sie skeptisch ansah.

Julia straffte die Schultern, legte den Bericht vor der Frau auf den Tresen. »Ich will mit dem Redakteur sprechen, der diesen Bericht geschrieben hat. Sicherlich erkennen Sie am Kürzel, um wen genau es sich handelt.«

Die Frau warf einen gelangweilten Blick auf das Papier, presste ihre knallroten Lippen aufeinander. Sie tippte eine Nummer in ihr Telefon, drehte sich demonstrativ von Julia weg, flüsterte etwas in den Hörer, doch Julia konnte sie dennoch verstehen und machte sich auf den Weg nach oben. Dort kam ihr ein junger Mann mit langen blonden Haaren und Piercings im Gesicht entgegen. »Sie sind wegen eines alten Artikels hier?« Julia nickte, reichte ihm den Zeitungsausschnitt. »Können Sie mir sagen, um wen genau es in diesem Bericht geht? Oder vielleicht können Sie mir den Kontakt zu dem Kollegen herstellen, der das geschrieben hat?«

Der junge Mann verzog das Gesicht. »Das war Melly. Sie ist schon seit fünf Jahren nicht mehr hier, wollte irgendwohin ins Ausland.«

Julia seufzte. »Und wie erfahre ich, was ich wissen will?«

Der Kerl hob die Schultern, grinste. »Die Namen sind nachträglich geschwärzt worden. Jemand will wohl nicht, dass Sie mehr erfahren …«

Julia seufzte in gespielter Enttäuschung und der junge Mann hob beschwichtigend die Hände. »Schon gut, das Original treibe ich sicherlich noch irgendwo auf. Aber ich kann Ihnen nicht versprechen, dass die Namen der Personen komplett lesbar sein werden. Meistens kürzen wir zumindest die Familiennamen zum Schutz der Leute ab. Aber immerhin werde ich versuchen, Ihnen zu helfen, weil ich nun mal ein netter Mensch bin.« Er sah sie an, zwinkerte anzüglich und Julia war drauf und dran, zu erwähnen, dass sie aus beruflicher Sicht sowieso ein Anrecht darauf hatte, Einzelheiten zu erfahren. Am Ende verkniff sie es sich, weil ihr klar war, dass sie auf diese Weise bei dem Kerl nicht weiterkäme.

Und tatsächlich grinste der Typ sie schließlich frech an, legte den Kopf schief. »Ich mach dir einen Vorschlag: Du gibst mir ein bisschen Zeit samt deiner Handynummer und ich sehe mal, was ich für dich tun kann.«

• • •

Auf dem Weg zurück zu ihrem Wagen fragte Julia sich, ob es ein Fehler war, sich auf diesen Typen zu verlassen. Sie hatte auch so schon genug an der Backe, da brauchte sie keinen Kerl mehr, der ihr auf die Nerven ging, weil er sich für unwiderstehlich hielt. Andererseits hatte sie dank ihm vielleicht schon bald alle Infos, die sie benötigte, um weiterzumachen.

Auf dem Weg zum Haus ihrer Mutter fiel ihr ein, dass sie gar nicht nachgesehen hatte, ob etwas zu essen und zu trinken da war, doch sie sagte sich, dass sie im Notfall eben etwas bestellen würde. Plötzlich sehnte sie sich mit jeder Faser ihres Körpers nach etwas Ruhe und Frieden, einem Gläschen Wein und einer Mütze voll Schlaf. Doch da war noch der Umschlag neben ihr auf dem Beifahrersitz, der darauf wartete, dass sie ihn aufmachte. Julia hoffte von ganzem Herzen, dass sich nicht wieder irgendwelche ekeligen Sachen darin befanden, doch letztendlich war klar, dass egal, was es auch sein mochte, es die Chance barg, ihren Mann und ihre Nichte zu finden.

Sie fuhr die Auffahrt zum Haus ihrer Mutter hoch und plötzlich war ihre Neugier … oder war es eine panische Aufgeregtheit … so groß, dass sie nicht mehr länger warten konnte. Sie riss die Handbremse nach oben, stellte den Motor ab, nahm den Umschlag. Dann zog sie an der oberen Lasche, spähte vorsichtig hinein. Auf den ersten Blick sah es nicht danach aus, als befände sich etwas Widerwärtiges aus Fleisch und Blut darin. Stattdessen lagen nur einige … Papierfetzen am

Boden des Umschlags. Sie griff nach einem davon, drehte ihn um, registrierte, dass es sich um das winzige Stück eines zerrissenen Fotos zu handeln schien. Sie runzelte die Stirn. Was bedeutete das nun wieder? Sie verstaute den Papierfetzen im Umschlag, stieg aus, ging ins Haus ihrer Mutter, machte sich ohne Umweg auf in die Küche. Dort angekommen, setzte sie sich an den Tisch, kippte den gesamten Inhalt des Umschlags aus. Schließlich begriff sie. Das, was sie da vor sich sah, war ein weiterer Hinweis in Form eines Puzzles. Und sie musste nur die Teile zusammensetzen, um auf die richtige Lösung zu kommen.

10

JETZT

Hauptkommissarin Elke Schenk erschrak und riss den Blick von der Akte vor ihr auf dem Tisch los, als es an ihrer Tür klopfte. Sie hoffe, dass ihr Gesichtsausdruck einigermaßen neutral war, denn eigentlich passte es ihr gerade gar nicht, gestört zu werden. Sandro Heller, ein junger Kommissariatsanwärter aus der Recherche, streckte den Kopf herein. »Es geht um den Laptop von Sebastian Stecher«, begann er stockend und Elke konnte ihm ansehen, dass irgendetwas vorgefallen war. Sie lehnte sich zurück, fixierte ihn.

Er kam bis zu ihrem Tisch, setzte sich. »Sie hatten doch mit seiner Ehefrau ausgemacht, dass wir das Teil schnellstmöglich abholen kommen oder nicht?«

Elke nickte, verzog das Gesicht.

»Tja«, er hob die Schultern, seufzte. »Sie war nicht

zu Hause. Und sie geht weder ans Festnetztelefon noch ans Handy.«

Elke stieß die Luft aus. »Vielleicht ist sie ganz kurz außer Haus und kommt später wieder. Bleiben Sie dran, das wird heute bestimmt noch klappen. Sie weiß schließlich, wie wichtig das für die Ermittlungen rund um das Verschwinden ihres Mannes und ihrer Nichte ist. Es geht also auch um ihre eigenen Interessen.«

Sandro schluckte, wich Elkes Blick aus.

Ein ungutes Gefühl beschlich sie. »Was ist denn noch?«

Sandro sah sie missmutig an. »Ich dachte mir ehrlich gesagt schon, dass Frau Stecher nur ganz kurz außer Haus sein könnte. Deswegen habe ich auf sie gewartet – bis ihre Nachbarin mich gefragt hat, was das soll.« Er grinste betreten. »Zuerst war sie misstrauisch, bis sie meinen Ausweis gesehen hat. Danach fing sie an zu reden …« Er brach ab, legte den Kopf schief. »Also wenn wir dieser Nachbarin Glauben schenken, müssen wir davon ausgehen, dass Julia Stecher so schnell nicht wiederkommt. Angeblich ist sie mit einer Reisetasche bestückt in ihr Auto gestiegen, soll ziemlich aufgebracht gewirkt haben.«

Elke verschränkte die Arme vor der Brust, sah ihren Kollegen skeptisch an. »Die Frau wollte vor zwei Tagen heiraten, doch ihr Zukünftiger tauchte nicht auf. Stattdessen kam eines der Blumenmädchen blutbesudelt zum Altar, der Bräutigam gilt nach wie vor als vermisst, genau wie die kleine Nichte der Braut. Ich denke, unter all diesen merkwürdigen Umständen ist es durchaus nachvollziehbar, dass Frau Stecher nicht vor Freude strahlend durch die Gegend läuft.«

Sandro Heller wurde auf einen Schlag knallrot. »So hatte ich das auch nicht gemeint«, stammelte er. »Aber diese Nachbarin, angeblich kennt sie die Familie gut und sie meinte eben, dass sie Frau Stecher so noch niemals zuvor gesehen hat.«

Als Elke wieder allein im Zimmer war, nahm sie eine der Mappen links auf ihrem Tisch, blätterte sie durch. Als sie gefunden hatte, wonach sie suchte, probierte sie es selbst. Doch Heller hatte recht, Julia ging nicht ans Telefon. Sie drückte den Kontakt weg, legte den Hörer beiseite, überlegte. Die geplatzte Hochzeit, das Blut auf dem Kleid des Blumenmädchens, die vermisste Tochter der Brautschwester, der verschwundene Bräutigam – all das hörte sich für Elke an, als handle es sich um den Plot eines vollkommen überzogenen Fernsehkrimis. *Was zur Hölle geht in dieser Stadt nur vor sich* – dachte sie im Stillen. Das jüngste Drama mit den zehn Toten und den unzähligen Verletzten hatte sie alle mitgenommen. Vor allem, nachdem sich herausgestellt hatte, dass fünf der Toten Polizisten waren. Sie räusperte sich, stand auf, warf einen Blick aus dem Fenster. Inzwischen wussten sie zumindest, dass das Blut auf dem Kleid des Kindes nicht zu Julia Stechers Nichte gehörte. Entwarnung für den abtrünnigen Ehemann gab es leider noch nicht. Julia hatte ihnen einiges an Material gebracht, dennoch brauchte auch das kriminaltechnische Labor seine Zeit. Sie würden sich melden, sofern sie zu hundert Prozent sicher sein konnten und erst dann würde auch Elke so richtig loslegen können. Im Augenblick sah, so ungern sie das auch zugab, alles danach aus, als sei da irgendwo ein Typ, dem rund um seine Hochzeit letztendlich doch alles zu viel geworden war und der deswegen das Weite gesucht hatte. Das Blut auf dem Kleid des Kindes konnte von einer Verletzung des Mannes stammen, die er sich entweder bei seiner Sauftour am Abend zuvor, oder auf Grund der Alkoholnachwehen am Tag der Hochzeit eingehandelt hatte. Elke musste insgeheim zugeben, dass diese Lösung sie selbst nicht gerade glücklich machte, doch im Grunde war es definitiv nicht gänzlich undenkbar, dass es so gewesen sein könnte. Aus der Akte des Vermissten Sebastian wusste sie, dass er mit Alkohol und Drogen früher Schwierigkeiten gehabt hatte – als Konsument, nicht als Dealer. Vielleicht hatte er sich an seinem letzten Tag in »Freiheit« einen letzten Kick holen wollen. Ein letztes Mal Koks versuchen, einen allerletzten Joint – es gab Leute, die tickten so, warum also nicht auch dieser junge Mann?

Elke stieß die Luft aus. Allerdings handelte es sich bei der Zeremonie am Samstag um das kirchliche Event, die offizielle Trauung auf dem Standesamt hatten die Eheleute schon Tage zuvor hinter sich gebracht, was ein Weglaufen wegen kalter Füße nun gar nicht mehr so sinnvoll erscheinen ließ.

Sie setzte sich wieder, blätterte unschlüssig in der Mappe vor sich.

Eine weitere Möglichkeit – und sie ärgerte sich, da nicht selbst drauf gekommen zu sein – war Julia Stechers Job. Von den Befragungen unmittelbar nach der geplatzten Trauung wusste sie, dass Julia als Journalistin arbeitete. Elke war nicht ganz sicher, wer es ihr erzählt hatte – ob Julia selbst oder einer ihrer Freundinnen –, aber Fakt war, dass es im Bereich des Möglichen lag, dass sie jemandem mit einem ihrer Artikel zu nahe getreten war. Sie machte sich eine Notiz auf dem Block vor ihr, atmete aus. Dann ging sie zum nächsten Namen in der Mappe. Sebastian Stecher selbst. Er arbeitete als Systemadministrator und schrieb nebenbei Computerspiele, doch von einem seiner Kumpel wusste sie, dass er, was seine Arbeit anging, nicht immer den seriösen Weg wählte. Was immer das auch zu bedeuten hatte …

Ihr fiel die Sache mit dem Unfall ein. Einer der Gäste der Hochzeit war einen Tag später bei einem Unfall schwer verletzt worden, lag, wenn sie richtig informiert war, seither im Koma. Und da war noch dieser Politiker auf der Gästeliste – Elke fiel der Name gerade nicht ein – ein hohes Tier auf alle Fälle. Der Mann war ein enger Bekannter der Brautmutter und Elke kam der Gedanke, dass auch diese Spur es wert sein könnte, ihr nachzugehen.

»Eins nach dem anderen«, murmelte sie und machte sich auf den Weg zu ihrem Kollegen. Im Gang traf sie auf Lizzy Uhlemann, eine ihrer engsten Kolleginnen, die zwar auch in dem Fall um diese ausgeuferte Hochzeit ermittelte, sich jedoch um das kleine Blumenmädchen und dessen Mutter kümmerte und nicht um die beiden Vermissten. Sie blieb stehen, grinste Lizzy an. »Hast du was, mit dem ich arbeiten kann?«

Die schüttelte den Kopf, seufzte. »Noch nichts Erwähnenswertes, sonst hätte ich es dir gesagt. Die Kleine weigert sich noch immer, zu reden, und neulich hat die Mutter mich sogar gebeten, zu gehen.« Sie seufzte leise. »Ich kann es in ein paar Tagen noch mal versuchen, doch im Grunde brauche ich auch die Zustimmung der Mutter. Und wenn die sich querstellt …« Sie brach ab, verzog das Gesicht.

»Schon klar«, erwiderte Elke. »Warten wir erst mal ab, ob das Blut zum vermissten Bräutigam gehört. Falls ja, haben wir zumindest eine Grundlage, auf der die weitere Ermittlung aufgebaut werden kann. Im Grunde ist es so, dass momentan alles Mögliche passiert sein könnte. Die Frage ist nur, hängt das vermisste Mädchen mit dem abtrünnigen Bräutigam zusammen?«

Lizzy presste ihre Lippen aufeinander, sah Elke nachdenklich an. »Dafür spricht, dass beide mehr oder weniger verwandt sind. Stecher ist sozusagen der Onkel des Mädchens. Zumindest der angeheiratete Onkel. Falls er also – und ich schieße jetzt nur mit Platzpatronen – entführt worden wäre, spräche einiges dafür, dass der Kleinen dasselbe passiert ist. Sie könnte etwas gesehen haben und dem Entführer als gefährlich erschienen sein, deswegen hat er sie ebenfalls mitgenommen. Oder aber, die Kleine hat etwas mitbekommen und Angst gekriegt, versteckt sich irgendwo. Vielleicht befindet sie sich in einer misslichen Lage oder ist verletzt. Fakt ist, dass es ein wirklich schlechtes Zeichen ist, dass sie noch immer nicht wieder aufgetaucht ist und niemand sie gesehen haben will.«

Elke schluckte. Lizzy war ein Ass darin, unbequeme Dinge auszusprechen und auf den Punkt zu bringen, während sie noch immer optimistisch dachte.

»Was genau denkst du über all das?«

Lizzy sah Elke unheilschwanger an, stieß die Luft aus. »Elke, ich weiß wirklich nicht, was du hören willst.«

»Sag mir, was du über deinen Part dieser Ermittlung denkst. Wie die Kleine auf dich wirkt, die Mutter. Vielleicht bringt mich das auf einen neuen Gedankengang.«

Lizzy nickte. »Die Tatsache, dass Lea Windaus beharrlich schweigt, wirkt auf mich persönlich, als habe sie vor etwas … oder jemandem furchtbare Angst. Auch die Mutter, diese Emily, kommt mir irgendwie seltsam vor. Sie wirkt total aufgekratzt, allerdings auch vollkommen verständlich angesichts der krassen Sache mit ihrem Exmann. Hast du davon gehört?«

Elke nickte. »Allerdings denke ich nicht, dass uns das im Fall Stecher irgendwie weiterbringt.«

»Das hab ich mir auch gedacht«, sagte Lizzy. »Deswegen erscheint es mir auch nicht logisch, dass sie nicht will, dass ich weiterbohre. Ich meine, sie will ihr Kind schützen, sich selbst auch, das ist schön und gut, aber im Grunde ist es doch so, dass sie trotz allem wissen wollen sollte, was da genau passiert ist am Samstag in der Kirche.«

»Denkst du, sie weiß mehr, als sie sagt?«

Lizzy seufzte, hob die Schultern. »Ob sie was über die Vermissten weiß – keine Ahnung, ehrlich gesagt. Aber sie hat definitiv selbst ein Problem an der Backe, das ihr große Angst macht und das wiederum kann sich negativ auf unsere Ermittlung auswirken.«

Thomas Grundig, ihr Vorgesetzter, erwartete sie schon. Elke hasste es, wenn sie ihm ohne Neuigkeiten entgegentreten musste, denn der Boss war nicht gerade für seine Geduld bekannt.

Er sah sie über seinen von Akten überhäuften Schreibtisch erwartungsvoll an, sagte aber nichts.

Elke spürte, wie sich ein leichter Schmerz vom Nacken bis zum Scheitel zog und seufzte innerlich. Sie hatte schon seit jeher das Problem, dass sie in Stresssituationen dazu neigte, Migräneattacken zu bekommen. Sie fingen oft leicht an und steigerten sich im Verlauf des Tages so enorm, dass sie in der Vergangenheit teilweise nach Hause hatte gehen müssen, weil sie vor Schmerzen nicht mehr geradeaus schauen konnte. Elke hoffte von Herzen, dass das heute nicht so weit käme, denn sie hatte noch eine Menge zu tun. Unter anderem hoffte sie darauf, ihren Chef dahingehend überzeugen zu können, dass einige richterliche Beschlüsse für die weiteren Ermittlungen unerlässlich waren.

»Wir haben nichts«, kam sie daher ohne Umschweife auf den Punkt. »Wir wissen bislang nur, dass das Blut weder vom Blumenmädchen selbst stammt noch von der kleinen Tochter der Brautschwester.« Sie hielt inne, suchte nach Worten, vermied es währenddessen, ihrem Boss ins Gesicht zu sehen.

»Trotzdem sollten wir versuchen, noch nicht den Teufel an die Wand zu malen. Im Grunde ist es noch immer nicht vollkommen abwegig, dass sich alles als harmlose Verkettung von außergewöhnlichen Umständen herauskristallisiert. Dass der vermisste Bräutigam wohlbehalten auftaucht und auch das kleine Kind. Dass es für alles eine harmlose Erklärung gibt. Und selbst wenn das Blut vom Bräutigam stammen sollte, wäre nach wie vor denkbar, dass die Ursache seines Verschwindens harmlos ist.« Als Elke stoppte, wurde ihr bewusst, dass sie sich selbst nicht glaubte. Und wenn sie das nicht tat, warum sollte ihr Boss es tun?

»Sie klingen bei Weitem nicht mehr so enthusiastisch wie gestern noch«, erwiderte ihr Gegenüber, als hätte er ihre Gedanken erraten, fixierte sie mit stechendem Blick.

Elke schluckte.

»Das liegt daran, dass die Leute immer panischer werden und wir noch absolut nichts haben. Und, dass mir so langsam die Argumente ausgehen, weshalb wir noch nicht in alle denkbaren Richtungen ermitteln. Deswegen brauche ich auch die Beschlüsse. Julia Stecher beispielsweise sollte uns den Laptop ihres Mannes zur Verfügung stellen und ist laut einem Kollegen aus der Technik seit heute verschwunden – wie es aussieht, ohne uns das Gerät übergeben zu haben. Frau Stecher arbeitet als Journalistin und es wäre daher definitiv denkbar, dass diese Sache ihr selbst gilt. Dass sie mit einem ihrer Artikel jemandem auf die Füße getreten ist und jemand sich dafür auf diese Weise an ihr rächen will. Und was Sebastian Stecher selbst angeht – er ist freischaffender Informatiker und wie ich gehört habe, nimmt er hin und wieder gerne mal nicht ganz legale Jobs an.« Sie brach ab, holte Luft. »Und außerdem ist da noch der Schwager von Julia Stecher, der Ehemann ihrer Schwester. Der Mann ist niedergelassener Arzt und was ihn angeht, bestünde ebenfalls die Möglichkeit, dass das Verschwinden seiner Tochter etwas mit seinem Job zu tun hat.« Sie hob die Hände, schüttelte den Kopf. »Wenn ich wirklich herausfinden soll, was genau vor sich geht, muss ich über dementsprechende Mittel verfügen, wenn Sie verstehen.«

Grundig lehnte sich ein Stück über den Tisch. Sein Blick verdüsterte sich um mehrere Nuancen, was Elke noch mehr verunsicherte.

»Was genau erwarten Sie von mir?«

Elke sah ihren Vorgesetzten fest an, ignorierte die stärker werdenden Schmerzen und ihr polterndes Herz. Sie wollte gerade loslegen, als ihr Diensthandy in der Tasche zu vibrieren begann. Sie zog es hervor, warf einen Blick aufs Display. »Das ist das Labor, da muss ich rangehen.«

Grundig nickte.

Sie nahm das Gespräch an, hörte der schnatternden Stimme der jungen Laborantin einen Augenblick lang schweigend zu, dann verlor sie die Geduld. »Was genau wollen Sie mir sagen, Frau Jahnke?«

Während sie zuhörte, glitt ihr Blick zu ihrem Chef und sie wusste, dass er aus ihrem Gesicht lesen konnte wie in einem Buch.

Er stöhnte leise.

Nachdem sie aufgelegt hatte, straffte sie die Schultern. »Das Blut ist von Sebastian Stecher, aber das konnten Sie sicher schon an meiner Reaktion erkennen.« Sie stockte kurz, sah zu Boden, spürte Grundigs unnachgiebige Blicke auf sich. Sie seufzte innerlich, sprach sich im Stillen selber Mut zu. Als sie aufsah, fühlte sie sich deutlich gefasster und ruhiger. »Ich brauche ein Team von mindestens acht Leuten. Außerdem ist es notwendig, dass mein Team sich im Zweifel Zutritt zur Wohnung der Stechers verschaffen darf und auch Einsicht in deren Finanzen bekommt. Die Erlaubnis für den Handyprovider habe ich bereits von Frau Stecher bekommen.« Sie atmete tief durch, spürte, wie ihr eine Last von den Schultern fiel.

»Sie bitten mich tatsächlich um eine groß angelegte Ermittlung wegen eines ehemaligen Junkies und dessen Nichte?«

Elke spürte, wie bittere Wut in ihr hochschoss, ihren Nackenschmerz verstärkte.

»Laut der Ehefrau hat er seit Ewigkeiten nichts genommen und als Junkie würde ich ihn auch nicht bezeichnen. Er hat hin und wieder was Aufputschendes eingeworfen und gekifft – na und? Macht ihn das gleich zu einem Menschen, der verdient hat, was ihm vielleicht – vielleicht auch nicht – zugestoßen sein könnte?«

Grundig legte den Kopf schief. »In Ordnung«, sagte er schließlich. »Sie bekommen sechs Leute an die Seite gestellt, doch in Hinsicht auf die Verfügung bei Stechers kann ich nichts versprechen. Der Mann ist immerhin erwachsen, was, wenn er sein Verschwinden nur vorgetäuscht hat? So was soll hin und wieder vorkommen. Was also, wenn er gar nicht gefunden werden **will**? Hinzu kommt, dass weder ein Haftbefehl gegen ihn oder seine Frau vorliegt, noch sonst irgendein Verdacht auf eine von ihm begangene Straftat besteht, welcher eine Wohnungsdurchsuchung nötig machen, geschweige sogar erklären könnte.«

»Und das Kind?«, gab Elke zurück. »Will das etwa auch nicht gefunden werden?«

Grundig funkelte sie an. »Was das Mädchen des Arzt-Ehepaares angeht, stehen Ihnen selbstverständlich alle notwendigen Mittel zur Verfügung.«

11

JETZT

Eine knappe Stunde später stand Julia kurz davor, jeden einzelnen Papierfetzen vom Tisch zu fegen. Nicht, dass sie es nicht wirklich versucht hätte. Sie wollte dieses bescheuerte Puzzle zusammensetzen, doch wer auch immer es ihr hatte zukommen lassen, wollte es ihr scheinbar so schwer wie nur irgend möglich machen. Inzwischen wusste sie zumindest, dass es sich um ein Foto handelte. Sie wusste außerdem, dass es nicht irgendeine Landschaftsaufnahme war, sondern ein Bild, auf dem Personen abgelichtet worden waren. Sie rieb sich erschöpft über die Augen, stand auf, um sich einen weiteren Kaffee rauszulassen. Ihre Mutter hatte sich damals gegen diesen Vollautomaten gewehrt, doch inzwischen schätzte sie ihn. Und Julia selbst war hier und heute mehr als dankbar für diese grandiose Idee ihrer Schwester. Sie nippte an dem heißen Getränk, konzentrierte sich wieder auf das

Puzzle vor sich, verrückte ein paar Teile, nur um festzustellen, dass auch das keinen Sinn ergab. Was gäbe sie dafür, wenigstens einen Teil davon zusammenzubekommen. Sie nahm einen weiteren Schluck, verbrannte sich dabei die Zunge. Sie zuckte zusammen, als ihr Handy auf dem Tisch zu vibrieren begann. Sie sah aufs Display, verzog das Gesicht. *Unbekannter Teilnehmer* stand auf dem Display und gerade als Julia sich entschlossen hatte, es klingeln zu lassen, fiel ihr siedend heiß der Redakteur ein. Sie riss das Handy an sich, nahm das Gespräch an.

Der junge Mann kam sofort auf den Punkt. »Ich hab den Originalartikel gefunden. Allerdings wird er Ihnen kaum was nützen, denn wie ich schon vermutet habe, sind die Namen darin abgekürzt. Sagt Ihnen der Name Heidrun W. etwas? Um sie geht es in dem Artikel.«

Julia spürte, wie ihr Innerstes sich verkrampfte, doch in ihrem Kopf herrschte nach wie vor dichter Nebel. »Eigentlich nicht«, stieß sie aus und wunderte sich, dass selbst ihre Stimme auf einmal merkwürdig angespannt klang.

»Was halten Sie davon – wir gehen zusammen etwas essen und Sie erzählen mir, wonach genau Sie suchen. Ich lebe seit einigen Jahren auf der Insel, vielleicht kann ich weiterhelfen?«

Julia stöhnte innerlich und wollte den jungen Mann einem ersten Impuls folgend wegdrücken, doch sie besann sich darauf, dass er zumindest versucht hatte, ihr zu helfen, und schluckte ihren Frust runter. Der junge Mann konnte nun wirklich nichts für all das und hatte es sicherlich nicht verdient, wenn sie ihn jetzt respektlos behandelte. Sie schluckte. »Ich danke Ihnen wirklich sehr für Ihre Bemühung, aber aus einem Essen wird leider nichts – mein Mann ist ziemlich eifersüchtig.«

»Ihr Mann«, stieß der Junge aus. »Sie sind ver…« Er brach ab, seufzte. »Egal, tut mir wirklich leid, dass ich nicht mehr für Sie tun konnte.«

Nachdem sie das Gespräch beendet hatte, legte Julia das Handy beiseite und horchte in sich hinein.

Heidrun W.

So lautete der Name der Frau in dem Bericht.

Eine Frau, die, wenn man zwischen den Zeilen las, auf diese Weise ihr Leben beendet hatte. Julia überlegte einen Moment, ob es Sinn machte, die Inselpolizei mit Fragen zu bombardieren, doch ihr wurde klar, dass das keine gute Idee war. Sie konnte nicht wissen, ob die Polizei in Berlin vielleicht nach ihr suchen ließ, weil sie als wichtige Zeugin in zwei Vermisstenfällen galt. Zudem war sie inzwischen zwar noch nicht viel weiter gekommen, doch tief in ihrem Innern spürte sie, dass die Lösung von alledem in unmittelbarer Nähe lag. Sie musste nur hinsehen, sich konzentrieren, eins und eins zusammenzählen, aber … Julia stöhnte. Sie stand auf, ging ins Wohnzimmer, schaltete den Fernseher ein, ließ sich einen Moment von einer Sitcom berieseln, doch nach einigen Minuten gab sie auf. Es half alles nichts, sie musste es immer weiter versuchen, eine andere Möglichkeit bot sich ihr nun mal nicht. Sie ging in die Küche zurück, verspürte plötzlich den dringenden Wunsch nach einem Gläschen Wein oder besser noch nach etwas Stärkerem.

Zuerst sah sie im Kühlschrank ihrer Mutter nach, doch wie bereits vermutet hatte sie – ganz gewissenhafte Hausfrau – vor der Abreise alle verderblichen und offenen Lebensmittel und Getränke daraus entfernt. Auch in den Schränken fand Julia nichts, was ihren Gelüsten entsprach, außer einigen Dosen Pilze, Thunfisch und Spargel sowie eine noch verschlossene Packung Knäckebrot. Sie verzog das Gesicht, als ihr klar wurde, dass dies heute ein eher mageres Essen geben würde. Sie machte sich auf den Weg in den Keller. Dort fand sie einige Kartoffeln, ein paar Päckchen Nudeln und Tomatenmark, Mineralwasser, aber keinen Tropfen Alkohol. Ihr fiel ein, dass ihre Mutter wegen ihres Gesundheitszustandes sowieso nicht trinken durfte. Sie seufzte. Nun ja, wenigstens würde sie nicht verhungern, selbst wenn ihr Besuch auf der Insel länger dauern würde. Sie ging wieder nach oben, setzte sich an den Küchentisch, doch die innere Unruhe, die sie seit dem Anruf des Redakteurs erfasst hatte, ließ sie noch immer nicht wieder los.

Heidrun W.

Gedankenverloren strich sie über einen etwas abseits liegenden Papierfetzen, als ihr Herz einen Satz machte. Sie nahm ihn zur Hand, starrte atemlos darauf. Dieses Ding auf schwarzem Hintergrund sah aus wie einer von diesen Ansteckern. Sie selbst hatte so was als Jugendliche an ihrer Handtasche gehabt, Anstecker von Bands wie The Cure und Rammstein. Sie hielt den Papierfetzen so nah vor ihr Gesicht, dass sie gerade eben noch etwas erkennen konnte, und tatsächlich schien es ihr, dass es sich bei den schwarzen Strichen auf dem Teil um Haarsträhnen des Frontmannes ihrer Lieblingsband handeln konnte. Hastig suchte sie nach einem weiteren Papierstück, das aussah, als gehöre es zu dem Anstecker. Stück für Stück schaffte sie es so, zumindest einen Teil des Bildes wieder zusammenzusetzen, begriff, dass sie recht hatte, es sich bei diesem Teil des Puzzles um ihre alte schwarze Stoffhandtasche handelte. Ein Stromstoß durchfuhr sie.

In ihrem Kopf überschlug sich alles. Sie sprang auf, kümmerte sich nicht um den alten Küchenstuhl, der hinter ihr mit der Lehne auf dem harten Fliesenboden aufschlug, rannte in ihr altes Kinderzimmer. Sie zog eine Schublade nach der anderen auf, bis sie gefunden hatte, wonach sie suchte – ihr altes Freundschaftsalbum. Eine Art Poesiealbum, in dem sich ihre ehemaligen Klassenkameraden und Kameradinnen verewigt hatten sowie ihre engsten Freunde. Sie erinnerte sich noch, dass sie einige Fotos in das Album geklebt hatte, und blätterte hastig, bis sie zu der betreffenden Seite kam. Sie stockte. Anstelle des alten Fotos, auf dem sie selbst mit einigen ihrer engsten Freunde abgebildet war, konnte man nur noch Spuren alter Kleberreste erahnen, das Bild selbst war verschwunden. Dabei war sie absolut sicher, dass sie es nicht herausgenommen hatte.

Sie blätterte bis zum Ende des Buches, wieder zurück, fing von vorne an. Das Foto war weg! Ihr Herz begann zu rasen.

Sie rannte in die Küche zurück, nahm einige der Papierfetzen auf, drehte sie um, fuhr mit der Fingerspitze über die Oberfläche.

Einige der Fetzen wiesen an der Rückseite tatsächlich kleine Unebenheiten auf, die von altem Kleber stammen könnten. Als das Telefon vor ihr zu vibrieren begann, erschrak Julia so sehr, dass sie das Gerät am liebsten zornig an die Wand geworfen hätte. Auf dem Display erschien die Nummer ihrer Schwester, deswegen ließ sie es klingeln. Nicht einmal eine Sekunde nach dem letzten Klingelton kündigte der Pfeifton des Geräts den Eingang einer SMS an. Julia seufzte, nahm das Handy, las die Nachricht. *Wo bist du, verdammt! Ich mach mir große Sorgen … Marie ist immer noch nicht gefunden worden.*

Einen Augenblick rang Julia mit sich, ob sie zumindest ihrer Schwester sagen sollte, wo sie war und was sie vorhatte, doch dann ließ sie es. Wenn es ihr einfiele, hierher zu kommen – warum auch immer –, konnte sich derjenige, der hinter all dem steckte, bedroht fühlen. Außerdem reichte es schon, dass sie sich in Gefahr begab, das musste sie Sabrina nicht auch zumuten. Sie legte das Gerät beiseite, starrte auf die Papierschnipsel. In ihrer Erinnerung formierte sich eine Szene aus längst vergangener Zeit. Clarissa und Marco, Paul und Valerie, sie selbst … wie sie eines Abends in diesem Haus, in ihrem Zimmer gesessen und beratschlagt hatten, wohin sie gehen konnten, um so richtig einen draufzumachen. Es war Clarissas achtzehnter Geburtstag und sie alle waren damals noch so unbeschwert und sorglos gewesen, dass es beinahe körperlich wehtat, auch nur daran zu denken. Erst jetzt wurde ihr mit aller Heftigkeit bewusst, dass zwei von ihnen mittlerweile tot waren. Valerie war bei einem Unfall ums Leben gekommen und Paul … Paul …

Julia japste.

Paul!

Hing das alles etwa mit ihm zusammen?

Damit, was ihm zugestoßen war?

Plötzlich prasselte eine ganze Flut von Erinnerungen auf sie ein. Der Wald, all das Blut, die Schreie …

Julia schnappte nach Luft, hatte auf einmal massive Schwierigkeiten beim Atmen.

Wie hatte sie das alles nur vergessen können?

Doch traf das Wörtchen »***vergessen***« überhaupt die Realität?

Oder war es nicht vielmehr so, dass sie alles verdrängt und aus ihrem Gedächtnis verbannt hatte, was mit jener grauenhaften Sache von damals zu tun gehabt hatte?

Sie schluckte gegen die Beklemmung an, spürte, wie die schrecklichen Bilder in ihrem Kopf mehr und mehr Besitz von ihr ergriffen.

Was sollte sie nur tun?

Die Polizei anrufen?

Doch würden die Berliner Ermittler in diesem Fall überhaupt eingreifen?

Und inwiefern würde ihr die Inselpolizei weiterhelfen können?

Am Ende weckte sie noch schlafende Hunde, wenn sie sich hier und jetzt in eine reine Panikmache verrannte.

Außerdem – wie zur Hölle sollte sie den ermittelnden Beamten begreiflich machen – ohne dabei den Anschein zu erwecken, sie sei verrückt geworden –, dass sie vermutete, dass alles mit einem lange zurückliegenden Drama zu tun hatte, das sie vergessen geglaubt hatte?

Andererseits sprachen die Anzeichen dafür …

Vally war tot, angeblich bei einem Sturz vom Fahrrad ums Leben gekommen. Was, wenn es gar kein Unfall war?

Und Paul … Was ihn anging, wollte sie nicht einen einzigen Gedanken an sich heranlassen. Das alles war noch immer viel zu viel, um es mit menschlichem Verstand zu erfassen, zu grausam, zu sinnlos.

Absolut sinnlos!

Ihre Finger zitterten, als sie in den Gang ging, um nach dem Telefonbuch von Usedom zu suchen. Sie sah überall nach, sogar auf der Toilette, doch wie es aussah, schien auch ihre Mutter endlich in der Neuzeit angekommen zu sein. Seufzend durchforstete sie das Internet, bis sie gefunden hatte, wonach sie suchte. Während sie die Nummer der Familie ihres ehemaligen Klassenkameraden wählte, bemerkte sie, dass ihre Nervenenden überall an ihrem Körper leicht vibrierten und ihre Atmung viel zu schnell ging. Sie musste es irgendwie schaffen, sich unter Kontrolle zu bringen, ehe Marcos Eltern rangingen und misstrauisch wurden, wenn sie merkten, dass sie kurz davor stand, durchzudrehen.

Es dauerte eine ganze Weile, ehe der Hörer schließlich abgenommen wurde, dann hatte sie die vertraute Stimme von Marcos Mutter im Ohr. Die Frau klang weder beunruhigt noch besorgt, was bedeutete, dass mit Marco alles in Ordnung war … oder sie nicht wussten, was vor sich ging.

»Ich bins, Julia Stecher, ehemals Bartels, ich bin mit Ihrem Sohn …«

»Ich weiß, wer du bist«, unterbrach die Frau sie sanft. »Du bist die dunkelhaarige Schönheit, in die mein Sohn jahrelang total verschossen war.«

Julia konnte sich ein leises Lachen nicht verkneifen. »Stimmt, aber es hat nicht funktioniert mit uns.«

Die Frau am anderen Ende lachte vergnügt. »Bist du gerade auf der Insel?«

»Ich bin wegen Marco und Clarissa da, muss dringend mit ihnen reden. Es ist wirklich wichtig.«

»Marco ist mittlerweile verheiratet«, gab die Frau zurück. »Er lebt auf dem Festland mit seiner Frau. Anna ist schwanger, wusstest du das?«

Julia spürte, wie sich ihr Magen verknotete. »Nein«, gab sie zurück. »Ich hab Marco und Clarissa seit Ewigkeiten nicht gesehen, war schon lange nicht mehr hier, ehrlich gesagt.«

Eine Weile herrschte Schweigen in der Leitung, dann ertönte ein leises Hüsteln. »Ist denn wirklich alles in Ordnung, Juli, hast du Probleme? Giovanni sagt gerade, dass er deine Schwester gestern in den Nachrichten gesehen hat. Es ging um die Kleine von ihr, weißt du da was drüber?«

In Julias Kopf drehte sich alles. »Ich muss auflegen«, erklärte sie und war schon dabei, den Hörer wegzulegen, als ihr etwas einfiel. »Marcos Telefonnummer«, rief sie aufgeregt, »ich muss ihn unbedingt sprechen.«

Eine knappe Stunde später hatte sie dank Social Media zumindest herausgefunden, dass Clarissa Wendlein noch immer auf der Insel lebte und im Steigenberger Hotel in Heringsdorf arbeitete, doch weder sie selbst noch ihre Eltern hatten ihre Nummern zu Julias Leidwesen im Online-Telefonbuch verzeichnen lassen. Auch was Marco anging, hatte sie noch kein Glück gehabt. Weder ging er an sein Handy noch ans Festnetztelefon, doch Sorgen machte sie sich deswegen nicht.

Noch nicht.

Er konnte bei der Arbeit sein, beim Einkaufen, mit seiner schwangeren Frau beim Ultraschall oder Gott weiß wo …

Sie würde abwarten, bis jemand sie zurückrief und es im Zweifel am späteren Abend erneut versuchen. Was Clarissa anging, haderte Julia mit sich. Sollte sie sich ins Auto setzen und nach Ahlbeck fahren, auf gut Glück im Steigenberger nach der ehemaligen Freundin fragen?

Doch was, wenn währenddessen Marco zurückriefe? Sie hatte sowohl ihre Handynummer als auch die Festnetznummer ihrer Mutter auf Band hinterlassen und wollte keine Chance vertun, mit ihrem ehemaligen Kumpel zu sprechen.

Schließlich entschied sie sich für den einfachsten Weg. Sie würde im Hotel anrufen und fragen, wann Clarissa wieder Dienst habe, sie abpassen. Gerade als sie die Nummer des Luxusbunkers googeln wollte, summte ihr Handy. Sie sah auf den ersten Blick, dass es die Vorwahl von Rostock war und somit Marco sein musste. Sie meldete sich mit ihrem Mädchennamen, doch statt ihrem alten Klassenkameraden war eine Frau dran. »Sie haben um Rückruf gebeten.« Seine Frau klang jung. Sehr jung.

»Ich bin eine ehemaligen Bekannte Ihres Mannes«,

kam Julia sofort auf den Punkt, »ich muss ganz dringend mit ihm sprechen.«

»Marco ist auf Geschäftsreise«, gab die Frau zurück und klang kein bisschen misstrauisch. »Ich kann ihm sagen, dass Sie angerufen haben, dann meldet er sich, sobald er zurück ist.«

»Seit wann ist er denn unterwegs?«, fragte Julia und biss sich vor Nervosität die Unterlippe blutig.

»Seit ein paar Tagen«, kam es von der Frau. »Warum? Stimmt etwas nicht?«

Julia holte tief Luft und war versucht, ihr zu sagen, dass sie sich Sorgen machte, doch ihr fiel ein, dass die Frau schwanger war.

»Nein, alles okay, ich erreiche ihn nur nicht und wollte fragen, wann Sie ihn zuletzt gesprochen haben. Vielleicht könnten Sie ihn beim nächsten Kontakt schon mal vorwarnen, dass ich ihn dringend sprechen muss.«

Die junge Frau am anderen Ende lachte. »Mein Mann ist geschäftlich in Indien und je nachdem wie gut sein WLAN ist, meldet er sich telefonisch oder auch nicht. Ich habe ihn Freitag zuletzt gesprochen, bekomme aber täglich zumindest ein paar WhatsApp-Nachrichten von ihm. Also für mich klingt das, als ginge es ihm blendend, finden Sie nicht?«

Nachdem Julia der Frau noch einmal ans Herz gelegt hatte, dass Marco sich schnellstmöglich bei ihr melden sollte, verabschiedeten sie sich voneinander.

Sie atmete tief durch, ließ das Gespräch Revue

passieren. Wie es aussah, ging es Marco gut, doch eine hundertprozentige Sicherheit gab es dafür nicht. Jemand konnte ihn verschleppt haben, genau wie Sebastian und Marie, und es nur so aussehen lassen, als befände er sich im Ausland. Eine WhatsApp zu verschicken, die sich anhörte, als habe Marco sie geschrieben – kein Problem. Und auch was den Job und die Dienstreise anging … wie schwer war es schon, alles so aussehen zu lassen, als wäre Marco krank und könne nicht verreisen.

Julia wurde kalt.

So ein Quatsch, sagte sie sich im Stillen. *Du spielst langsam verrückt. Deine Nerven liegen blank.*

Und trotzdem schweiften ihre Gedanken immer wieder ab, verselbstständigten sich. Sie fragte sich, ob das Ohr und der Finger Marco gehören konnten oder ob jemand ganz anderer dahintersteckte.

Schließlich hielt sie es nicht mehr aus, suchte sich online die Nummer des Hotels raus, wählte.

Eine Männerstimme meldete sich förmlich, sie hatte wohl versehentlich die Gästebetreuung angewählt.

Sie entschuldigte sich, erklärte den Grund ihres Anliegens. Eine Weile herrschte Stille am anderen Ende, dann folgte ein betretenes Hüsteln. »Sie kennen Frau Wendlein?«

Julia bejahte seine Frage. »Wir sind gute Freundinnen … oder waren es früher, meine Mutter lebt noch auf der Insel.«

»Wie sagten Sie, war Ihr Name?«

Julia nannte erneut ihren Mädchennamen, hörte ein Klacken in der Leitung. Keine zwei Sekunden später ertönte die aufgeregte Stimme einer Frau. »Sie suchen Clarissa?«

»Ja«, erklärte Julia ihr geduldig, »wie ich Ihrem Kollegen schon sagte, wir kennen uns von früher und es ist wirklich wichtig, dass ich sie persönlich sprechen kann. Ich hab nur ihre aktuelle Nummer verlegt, wollte daher fragen, wann sie Dienst hat, damit ich in diesem Zeitraum vorbeikommen kann.«

Einen Moment herrschte unbehagliches Schweigen in der Leitung, das bei Julia ein mulmiges Gefühl in der Magengegend auslöste.

»Hallo?«

»Entschuldigung, ich bin noch dran.« Die Frau seufzte. »Es ist nur so … eigentlich müsste Clarissa jetzt, in genau diesem Augenblick vor Ort sein, da sie Spätdienst hat, aber …« Die Frau brach ab, schien nach den richtigen Worten zu suchen.

»Was?«, herrschte Julia sie ungeduldig an. »Was ist passiert, reden Sie bitte weiter!«

Die Frau am anderen Ende der Leitung brach in ein leises Schluchzen aus. »Tut mir leid«, erklärte sie Julia stammelnd, »aber Clari und ich, wir sind auch privat eng befreundet und ich mache mir wirklich große Sorgen um sie. Zwei Tage lang unentschuldigt nicht zum Dienst aufzutauchen, ist nämlich so gar nicht ihre Art.«

Julia spürte, wie die feinen Härchen in ihrem Nacken sich aufstellten. »Was sagen Sie da? Clarissa ist seit Tagen nicht zur Arbeit gekommen? Und hat sich auch nicht abgemeldet?«

»Ganz genau und so was hat sie zuvor noch niemals getan.«

»War jemand bei ihrer Wohnung? Oder haben Sie zumindest ihre Eltern kontaktiert?«

»Claris Mutter ist vor ein paar Monaten an Krebs gestorben. Und zu ihrem Vater hat sie so gut wie keinen Kontakt mehr.«

Julia seufzte, schluckte angestrengt. »Haben Sie ihre aktuelle Adresse? Dann fahre ich gleich zu ihr und sehe nach.«

»Können Sie sich schenken, ich hab ihren Wohnungsschlüssel, doch sie ist nicht da.«

»Sah es in der Wohnung irgendwie … seltsam aus?«

»Was meinen Sie?«

Julia seufzte ungehalten. »Ob es unordentlich wirkte. Chaotisch oder so.«

»Sie meinen, ob es danach aussah, als habe sie jemand gewaltsam aus ihrer Wohnung entführt?«

Julia schwieg, was ihrer Gesprächspartnerin Antwort genug sein musste, denn sie sog erschrocken die Luft ein. »Ich war schon bei der Polizei, doch die nehmen mich nicht ernst. Die sagen, dass Clari erwachsen ist und hingehen darf, wo sie will. Die denken allen Ernstes, meine beste Freundin sei aus freien Stücken verschwunden und eine von diesen Aussteiger-Hippies.«

»Und was denken Sie, was geschehen sein könnte?«, fragte Julia geradeheraus und hielt instinktiv den Atem an.

Schweigen.

Schließlich ein lang gezogenes, verzweifeltes Seufzen.

»Ich kenne Clarissa sehr gut. Und genau deswegen spüre ich, dass ihr etwas zugestoßen ist. Etwas wirklich Schlimmes.«

12

JETZT

Hauptkommissarin Elke Schenk sah genervt auf ihre Uhr. Sie steckte bis zum Hals in Arbeit und Planungen für die nächsten Tage und jetzt hatte sich auch noch Sabrina Bergmann mit ihrem Mann angemeldet. Die junge Frau hatte am Telefon so verzweifelt geklungen, dass Elke gar nicht anders konnte, als sie noch irgendwo dazwischenzuschieben. Natürlich konnte sie die Hilflosigkeit und Sorge des Paares nachvollziehen, doch die Tatsache, dass sie noch nichts vorzuweisen hatten, keine Spur zu ihrem vermissten Kind, keine zum Bräutigam ihrer Schwester, versetzte sie in eine schwierige Lage. Hinzu kam, dass inzwischen klar war, dass es sich bei dem Blut um das von Sebastian Stecher handelte und dies die Ermittlungen auf ein anderes Level hob. Zwar hatte sie gestern Abend ihrem Vorgesetzten gegenüber ganz anders darüber gesprochen, doch das war im Grunde nur dazu gedacht gewesen, vorab die Wogen zu glätten. Was sie am wenigsten brauchte, war eine aufgekratzte, nervende und ihr permanent im Nacken sitzende Leitung, die ihr den Job zur Hölle machte. Nach einer halben Nacht voller Arbeit und Besprechungen sah sie alles zwar etwas klarer, hatte zumindest eine Richtung, in die sie zuerst gehen konnten, doch einen echten Durchblick hatte zum gegenwärtigen Zeitpunkt noch keiner aus ihrem Team.

Sie starrte auf die vor ihr liegenden Computerausdrucke, fragte sich, warum der Vater des Kindes ihnen diese wichtige Sache verschwiegen hatte. Er hätte doch wissen müssen, dass die Polizei es herausbekommen und dies kein besonders gutes Licht auf ihn werfen würde, wenn er die Ermittlungen in Bezug auf die Suche nach seiner eigenen Tochter auf diese Weise verlangsamte.

Elke stieß die Luft hart aus. Eigentlich liebte sie ihren Job über alles. Doch an Tagen wie diesem, wo die Arbeit ihrem Team über den Kopf wuchs, jeder nur noch genervt und gestresst war, es aber dennoch zu keinerlei nennenswerten Durchbrüchen kam – ja an solchen Tagen stand sie hin und wieder davor, alles hinzuschmeißen.

Inzwischen kam Elke nicht mehr umhin, zuzugeben, dass diese in einer Katastrophe ausgeartete Hochzeit einen der undurchsichtigsten Fälle ihrer Karriere darstellte.

Diese ganze Geschichte samt Rattenschwanz würde ihrem Team jeden Nerv kosten, das ahnte sie schon!

Allein was die Ermittlungen und Befragungen rund um die Stechers anging, hatten sie alle Hände voll zu tun. Die Sache mit dem Politiker, der zur Hochzeit geladen worden war – auch das konnte ein Punkt sein, den sie nicht außer Acht lassen durften.

Genau wie diese krasse Geschichte um Emily Windaus und ihre Tochter. Zwar fiel das nicht ihrem Aufgabenbereich zu, dennoch musste Elke auch hier abwägen, ob es sich nicht lohnen konnte, trotz allem noch mal mit Emily und deren Tochter zu sprechen. Und dieser schreckliche Unfall neulich … Sie konnte sich zwar nicht vorstellen, dass der etwas mit Stechers Hochzeit zu tun hatte, trotzdem konnte sie auch nicht so tun, als sei er nicht passiert.

Und jetzt noch das Ding mit Jan Bergmann.

Ein junger Arzt, dessen Tochter spurlos verschwunden war und der ihnen trotzdem verschwiegen hatte, dass gegen ihn ein Verfahren wegen Ärztepfusch mit Todesfolge eingeleitet worden war.

Elke schluckte. Sie verstand nicht, warum der Mann ihr nichts darüber gesagt, es nicht einmal erwähnt hatte.

Vielleicht, weil seine junge Frau davon nichts wusste? Elke erinnerte sich an das erste Gespräch mit dem Paar. Diese Sabrina hatte ihren Mann nicht einfach angesehen, sondern nahezu angebetet. Sie war eine Frau, die den Boden küsste, auf dem ihr Mann wandelte, wollte er das Bild, das seine Frau von ihm hatte, nicht zerstören?

Doch was war ein bisschen angekratzte Eitelkeit, ein wenig verletzter Stolz gegen das Leben des eigenen Kindes?

Oder war alles ganz anders?

Sah sie etwas vollkommen falsch?

Ein Klopfen ließ sie zusammenzucken. Sie wusste sofort – vielleicht hörte sie es am energischen Klopfen –, dass es die Bergmanns waren.

»Herein!« Sie lehnte sich zurück, hoffte, dass die Leute ihr ihre Müdigkeit und Erschöpfung nicht anmerkten, denn dies würde ihr Vertrauen in sie auf noch wackeligeren Beinen stehen lassen.

Jan Bergmann trat als Erster in Elkes Büro, im Schlepptau seine Ehefrau sowie Frau Bartels – Julias und Sabrinas Mutter. Die alte Dame sah grau aus im Gesicht und Elke meinte, sich zu erinnern, dass sie erst kürzlich eine Herzattacke erlitten hatte.

Sie stand auf, begrüßte alle drei mit Handschlag, bat sie, Platz zu nehmen. »Darf ich Ihnen etwas zu trinken anbieten? Tee oder Kaffee?«

Einstimmiges Kopfschütteln. »Wir wollen Sie nicht lange aufhalten«, kam Sabrina Bergmann sofort auf den Punkt. »Aber ich mache mir Sorgen … wir machen uns Sorgen um Julia. Sie ist verschwunden, geht weder ans Festnetztelefon noch ans Handy und ist auch nicht in ihrer Wohnung.«

Elke nickte. »Das hab ich auch schon mitbekommen, ehrlich gesagt bin ich auch nicht gerade entzückt, dass sie weggefahren ist. Sie hat uns nämlich wichtiges Untersuchungsmaterial zugesichert, dem wir jetzt quasi nachlaufen müssen.«

»Was heißt, sie ist weggefahren?« Bergmanns Frau sah sie erschüttert an.

Elke hob die Schultern. »Das heißt, dass mein Kollege aus der Technik bei ihrer Wohnung war und dort umsonst auf sie gewartet hat. Irgendwann hat sich eine Nachbarin erbarmt und ihm gesagt, dass sie Julia hat wegfahren sehen. Sie soll eine Reisetasche bei sich gehabt haben und ich finde, dass das für sich spricht.«

»Aber das hätte sie mir doch gesagt!«, fuhr Sabrina dazwischen. »Julia und ich haben keine Geheimnisse voreinander. Wenn sie vorhatte, wegzufahren, wüsste ich es auch.«

»Und was soll das bitte schön bedeuten?«, fragte Elke ungeduldig.

»Das heißt, dass Julia vielleicht doch etwas über unser Kind weiß und da irgendwie selbst mit drin hängt.«

»Niemals!«, begehrte Sabrina auf und auch die alte Dame schüttelte bestimmt ihren Kopf. »Meine Tochter würde niemals etwas tun, das das Leben meiner Enkelin gefährdet.«

Die Unterlippe von Bergmanns Frau zitterte

verdächtig, kurz darauf füllten sich ihre Augen mit Tränen.

»Ich denke, dass meine Schwester in Gefahr ist. Dass jemand sie zwingt, irgendwohin zu kommen, vielleicht, weil er auch sie in seine Gewalt bringen will. Was, wenn sie glaubt, keine Wahl zu haben? Sie würde alles für ihre Familie tun, sogar ihr eigenes Leben aufs Spiel setzen – so ist meine Schwester!« Sie senkte den Kopf, schluchzte aufgeregt, doch anders als an dem Tag in der Kirche tröstete ihr Mann sie diesmal nicht.

Schließlich hob sie den Kopf wieder, sah in die Runde. »Sicherlich hat sie nur deswegen nicht gesagt, wohin sie gegangen ist, weil sie weder Maries noch Sebastians Leben gefährden will. Beide sind entführt worden und schweben in Lebensgefahr – und Julia weiß das!«

Stattdessen stieß Jan einen abfälligen Grunzton aus. »Sebastian in Gefahr? Dass ich nicht lache. Er **IST** die Gefahr!«

»Was heißt das?«, schaltete Elke sich in das Streitgespräch ein und fixierte Bergmann. »Wollen Sie andeuten, Ihr Schwager habe Ihre Tochter entführt?«

Der hielt ihrem Blick stand.

»So weit würde ich nicht gehen, aber ich vermute mal, dass das alles passiert, weil er irgendwelchen Mist gebaut und sich beruflich oder privat mit den falschen Leuten eingelassen hat. Ich nenne jetzt bewusst keine Namen.«

»Chris ist nicht wie du denkst«, sagte Sabrina

gereizt. »Er hatte in der Vergangenheit ein paar Probleme, aber das hier … das kann damit nun wirklich nichts mehr zu tun haben.«

»Und woher willst du das wissen?«, fauchte ihr Mann. »Was macht dich da so sicher?«

Elke räusperte sich. »Ich muss Sie beide stoppen, denn das bringt uns nicht weiter.« Sie schluckte, sah Jan Bergmann an. »Ihre Worte bringen mich gleich zum wichtigsten Thema des Tages. Sie sprechen nämlich nur von Herrn Stechers eventuellen beruflichen Schwierigkeiten, die ihm und Ihnen allen scheinbar zum Verhängnis wurden, doch was ist mit Ihren? Warum haben Sie mir beispielsweise nicht von der Klage erzählt, die gegen Sie am Laufen ist?«

Bergmann schnappte entsetzt nach Luft. Er setzte zu einer Erklärung an, klappte letztendlich aber seinen Mund wieder zu. Die Familie schien mit ihrer Frage derart überfordert, dass minutenlanges Schweigen herrschte.

Sabrina Bergmann fasste sich zuerst. »Was meint sie damit?«, fragte sie ihren Mann mit scharfer Stimme.

»Von was von einer Klage spricht sie da?«

Bergmanns Gesichtsfarbe wechselte von Weiß zu Dunkelrot auf fast Lila und wieder zurück auf Weiß. Auf seiner Stirn sammelten sich Schweißperlen.

»Junge … nun sag doch was!«, forderte nun auch Sabrinas Mutter und sah ihren Schwiegersohn erschüttert an.

Er räusperte sich, wirkte auf einmal gar nicht mehr

so unerschütterlich und stark. »Die Klage stammt noch aus meiner Zeit im Krankenhaus. Ich hatte mehrere Nachtdienste in Folge und war vollkommen erschöpft. Eine Frau wurde eingeliefert und ich habe nicht erkannt, dass ihre Symptome auf einen Herzinfarkt hindeuten, sondern habe sie auf einen Magen-Darm-Virus behandelt …« Er suchte nach Worten, wich dem Blick seiner Frau aus. »Ich hab es dir nur deswegen nicht gesagt, weil ich dich nicht beunruhigen wollte, verstehst du?«

»Und warum jetzt?«, schaltete Elke sich wieder ein. »Warum kommen die Angehörigen erst nach so vielen Jahren mit der Klage?«

Bergmanns Kinn begann zu zittern.

»Schatz?«, drängte Sabrina, doch er ignorierte sie.

»Stimmt es, dass Sie im Nachhinein die Krankenakte manipuliert haben, um von Ihrem Fehler abzulenken?«

Wieder keine Antwort, doch in diesem Fall sagte das Schweigen mehr als tausend Worte.

»Ist Ihnen niemals in den Sinn gekommen, dass die Entführung von Marie auch damit zusammenhängen könnte? Dass jemand sich an Ihnen rächen will, weil Sie seine Frau oder Mutter auf dem Gewissen haben!«

»Es war ein Fehler«, sagte Bergmanns schwach. »Ein Fehler, wie er Hunderten Kollegen auch passieren könnte.«

»Nur dass Sie in diesem Fall zusätzlichen Betrug begangen haben.«

Er nickte, schien es nicht über sich zu bringen, seine Ehefrau anzusehen.

Die rückte ein Stück von ihm ab, sah zu Elke. »Was glauben Sie? Kann Maries Verschwinden mit dieser Sache zu tun haben?«

»Es ist zumindest nicht völlig von der Hand zu weisen.«

Sabrina fing an zu weinen, schüttelte die Hand ihres Mannes energisch ab, als der sie trösten wollte.

Elke wusste schon jetzt, wie das enden würde. Sabrina Bergmann würde ihren Mann von nun an mit anderen Augen sehen, erst recht, wenn sich tatsächlich herausstellen sollte, dass alles mit seinem beruflichen Fehler zusammenhinge.

»Konzentrieren wir uns aber zunächst auf die Fakten. Herr Bergmann: Ich muss Sie bitten, mir alle Unterlagen zu dem Fall zukommen zu lassen, und zwar schnellstmöglich, damit ich mein Team darauf ansetzen kann. Und Sie, Frau Bergmann, muss ich bitten, mir zu sagen, falls Sie sich an etwas aus dem Berufsleben Ihrer Schwester erinnern, an einen etwas … prekären Bericht beispielsweise, der solch schwerwiegende Folgen erklären könnte.«

Sabrina starrte sie an. »Julia hat früher über Kindererziehung geschrieben. Sie hatte eine wöchentliche Kolumne. Und jetzt schreibt sie für eine Tageszeitung über lokale Ereignisse, verdient so gerade ihren Lebensunterhalt. Was bitte soll daran so schlimm sein, dass jemand sich davon auf den Schlips getreten fühlt und mein Kind entführt?«

»Und der Ehemann? Wissen Sie etwas über ihn, das wichtig sein könnte? Ihr Mann sagte, dass er sich als Hacker was nebenher verdient hat. Kennen Sie da Details?« Sabrina schüttelte den Kopf.

»Ich weiß auch nichts Genaueres«, kam es von Bergmann.

Elke stieß die Luft aus. »Es hilft alles nichts, ich brauche den Laptop von Herrn Stecher. Haben Sie eine Idee, wie ich den bekommen könnte?«

Als sie eine knappe halbe Stunde vor der Wohnungstür der Stechers standen, grinste Elke in sich hinein. Sie hätte sich ohrfeigen können, dass sie nicht selbst darauf gekommen war. Natürlich hatte Sabrina einen Schlüssel zur Wohnung von Julia, sodass sie in dieser Hinsicht überhaupt nicht auf einen richterlichen Beschluss angewiesen waren.

Sabrina Bergmann hatte sich, ohne zu zögern, einverstanden erklärt, sie – inklusive zwei Kollegen aus Technik und Spurensicherung – mit zur Wohnung von Sebastian und Julia mitzunehmen, damit sie sich dort in aller Ruhe umsehen konnten.

»Entschuldigung, darf ich fragen, was Sie hier machen?«

Elke wirbelte herum und sah sich einer dunkelhäutigen Frau um die dreißig gegenüber, die einen Säugling auf dem Arm trug.

Sie zog ihre Dienstmarke hervor, hielt sie der Frau vor die Nase.

»Wir sind auf der Suche nach dem Ehepaar Stecher.«

Die Frau wurde blass. »Ihr Kollege … ich hab ihm alles gesagt, was ich weiß.« Sie brach ab, strich ihrem Kind sanft über den Rücken. »Julia und ich trinken ab und zu mal Kaffee zusammen, deswegen kann ich behaupten, sie ein wenig zu kennen.« Die Frau sah Elke unheilvoll an. »Sie wirkte, als sei sie vor etwas … oder jemandem auf der Flucht.« Wieder brach sie ab, schluckte hart. »Ich hatte sogar den Eindruck, dass sie total nervös war, als sie in ihr Auto stieg und davonfuhr.«

»Gesagt hat sie aber nichts zu Ihnen?«

Kopfschütteln. »Keinen Ton. Sie ist einfach nur eingestiegen, hat die Tür zugemacht und ist weggefahren. Und dabei sah sie aus, als habe sie vor etwas oder jemandem panische Angst.«

Elke dankte der Frau und bat sie, im Fall der Fälle für weitere Fragen verfügbar zu bleiben, betrat die Wohnung. Sabrina und ihre Mutter waren bereits in der Küche, als Elke zu ihnen stieß. Bergmann selbst hatte sie dazu verdonnert, ihr die gewünschten Unterlagen zu besorgen. Mutter und Tochter sahen ihr betreten entgegen. »Sie stellen aber jetzt nicht alles auf den Kopf oder?«

Elke lächelte der alten Dame beruhigend zu. »Keine Sorge, wir suchen nur den Laptop.«

Die Frau stieß erleichtert die Luft aus, ergriff die Hand ihrer Tochter. »Sei doch so nett und mach Kaffee für alle.«

Elke winkte ab. »Wirklich, wir sind maximal ein paar Minuten hier, machen Sie sich also keine Umstände.«

Die Frau nickte, setzte sich an den Tisch.

»Das solltest du dir ansehen!« Martin Büsow von der Spurensicherung war hinter Elke im Türrahmen aufgetaucht und sah sie mit finsterem Gesichtsausdruck an. »Jemand hat sich an der Wohnungstür zu schaffen gemacht!«

»Was?« Julias Mutter stach alarmiert von ihrem Stuhl hoch, schnaufte schwer. Elke sah unschlüssig zu Sabrina, die den Wink mit dem Zaunpfahl begriffen hatte. »Komm Mama, lassen wir die Beamten ihrer Arbeit nachgehen, du fährst mit zu mir und legst dich ein bisschen hin.«

Der Körper der Frau versteifte sich. »Ich gehe hier nicht weg.«

»Frau Bartels«, mischte sich Elke nun doch ein. »Ihre Tochter hat recht. Wenn sich herausstellen sollte, dass eingebrochen wurde, müssen wir jedes Zimmer auf den Kopf stellen und das möchte ich Ihnen wirklich ersparen.«

Die Frau brach in Tränen aus, ließ sich aber bereitwillig von ihrer Tochter aus der Küche führen. Im

Gang drehte Sabrina sich noch einmal zu Elke um. »Soll ich den Schlüssel hierlassen?«

Sie nickte. »Ich lasse ihn Ihnen sobald wir durch sind durch einen Kollegen zukommen.«

Als beide Frauen gegangen waren, stieß Elke zu Büsow, der bereits ungeduldig an der Wohnungstür auf sie wartete. Er deutete auf das Holz auf Höhe des Schließzylinders. »Wer auch immer das war, ist äußerst vorsichtig vorgegangen, damit er das Holz nicht beschädigt.« Er machte eine Handbewegung in Elkes Richtung, die besagte, dass sie sich zu ihm hinunterbeugen sollte. »Siehst du das hier?« Er tippte auf ein paar winzige Kratzer auf dem Metall des Zylinders.

»Das kann vom Schlüssel kommen«, entgegnete Elke. »Ein Bier zu viel und man braucht einen Anlauf mehr, um das Loch auf Anhieb zu finden.«

Büsow nickte, zog ein Gerät aus der Tasche, durch das man das Schlüsselloch selbst um ein Vielfaches vergrößert und hell beleuchtet sehen konnte. »Ich meine auch das hier.« Er tippte auf einen tieferen Kratzer, der sich nicht neben dem Loch, sondern direkt darin befand. Es sah aus, als habe jemand eine zusätzliche Kerbe in den Schließzylinder gefeilt.

»Heißt das, dass sicher ist, dass sich jemand unbefugt Zutritt verschafft hat?«, wollte Elke wissen.

Büsow räusperte sich. »Genau kann ich das erst sagen, wenn ich das komplette Schloss zerlegt habe. Aber auf den ersten Blick würde ich mal behaupten, dass diese Julia unter Umständen nicht grundlos abgehauen ist. Wenn es nämlich ein Einbruch war, hat der Einbrecher viel Aufwand betrieben, damit keiner merkt, dass er überhaupt hier war. Und das bedeutet nun mal, dass er es wohl kaum auf irgendwelche Besitztümer abgesehen hat. Und das wiederum sagt mir, dass wir jedes Zimmer überprüfen müssen und auch die Möglichkeit in Betracht ziehen sollten, dass wir es mit ungebetenen Zuhörern zu tun haben könnten.«

13

JETZT

Benommen schreckte Julia aus dem Schlaf, sah sich um, wusste im ersten Augenblick nicht, wo sie sich befand. War das eben ein leises Knarzen gewesen? Sie starrte auf ihre Uhr, seufzte erleichtert auf, als ihr bewusst wurde, dass es gleich acht Uhr morgens war und um diese Zeit sicherlich niemand in das Haus ihrer Mutter einbrechen würde, um sie zu überfallen. Die Gefahr, gesehen zu werden, war viel zu groß, daher schloss Julia die Augen wieder, hoffte darauf, noch ein paar Minuten Ruhe zu finden. Es war zwecklos. Die Gedanken in ihrem Kopf begannen, umherzuwirbeln, ließen ihre Muskeln vor Anspannung vibrieren.

Sie seufzte frustriert, schlug die Decke zur Seite, schwang sich aus dem Bett.

Nach dem gestrigen Telefonat mit der Freundin und Kollegin von Clarissa hatte Julia sich – sofern das überhaupt möglich war – noch mieser gefühlt. Ihr Gefühlschaos hatte zwischen Hilflosigkeit und reiner Panik gewechselt, doch aufgeben und abreisen wäre ihr dennoch niemals in den Sinn gekommen. Sie wusste, was es für ihren Mann und das kleine Mädchen unter Umständen bedeuten konnte, wenn sie einfach aufgab. Ihr war so übel gewesen, sogar ein wenig schwindelig, was sicherlich nicht nur auf die Tatsache zurückzuführen war, dass sie kaum etwas gegessen hatte. Und nachdem die Vorräte ihrer Mutter nicht viel Spielraum ergeben hatten, musste sie am Ende auf den Lieferdienst zurückgreifen. Die Meeresfrüchtepizza und die Flasche Weißwein waren ihr trotz des Schreckens der letzten Tage wie ein kleines Stück vom Himmel vorgekommen, doch hier und heute bereute Julia bitterlich, die komplette Flasche ausgetrunken zu haben. Als sie sich mitten in der Nacht endlich ins Bett geschleppt hatte, hätte sie im Leben nicht damit gerechnet, etwas Schlaf zu finden, doch irgendwann war sie tatsächlich weggedämmert.

Sie stand auf, ging ins Bad, zuckte zurück, als ihr aus dem Spiegelschrank ihr kränklich blass aussehendes Spiegelbild entgegenblickte. Ihre Haut sah beinahe grau aus, ihre Haare waren struppig und ihre Augen lagen in tiefen Höhlen.

Du siehst aus, wie du dich fühlst, dachte Julia und fing an, sich die Zähne zu putzen, um wenigstens den schlechten Geschmack aus ihrem Mund zu vertreiben.

Als sie sich zum Waschbecken runterbeugte, fing

ihr Schädel an zu hämmern. Kaffee! Sie brauchte dringend eine Tasse ihres Lebenselixiers.

Nach einer Tasse davon würde sie zumindest so weit hergestellt sein, dass ihr das Denken leichter fiele.

Sie wusch sich noch schnell das Gesicht und machte sich auf den Weg in die Küche, doch bereits im Gang spürte sie auf einmal ein seltsames Kribbeln im Nacken, eine Art dunklen Vorboten, welcher nichts Gutes verhieß. Dieses Knarzen fiel ihr wieder ein. Sie hatte es auf das alte Haus geschoben, auf die Holzdielen, auf das alte Gebälk im Dachboden, doch was, wenn sich doch jemand Zutritt zu ihrem Unterschlupf verschafft hatte?

»Mama?«, rief sie und hörte selbst, dass ihre Stimme so angstvoll wie die eines kleinen Mädchens klang. Sie schüttelte den Kopf, straffte die Schultern, als ihr bewusst wurde, dass, wenn ihre Mutter hier sei, sie ihr Auto längst gesehen und sich bemerkbar gemacht hätte. Entschlossen lief sie die letzten Meter in die Küche. Der Raum war leer.

Sie atmete erleichtert auf, ging zur Kaffeemaschine, schaltete sie ein, ließ eine Portion Kaffee Crema heraus. Sie nahm die Tasse, wollte damit zurück ins Gästezimmer gehen, um sie beim Ankleiden auszutrinken, als ihr im Augenwinkel etwas auffiel. Sie blieb stehen, drehte sich zum Küchentisch, starrte auf die Platte. Auf einen Schlag wich alle Kraft aus ihren Gliedern. Die Tasse knallte zu Boden, der heiße Kaffee spritzte an die Küchenschränke, ergoss sich auf den Fliesen, verbrannte ihre Haut an den Unterschenkeln. Keuchend schleppte sie sich zu einem der Stühle, ließ sich darauf fallen, griff nach dem Umschlag, starrte minutenlang nur auf das senfgelbe Papier. In ihrem Kopf leuchtete immer und immer wieder derselbe Gedanke auf.

Er war hier!

In diesem Haus!

Hatte sich Zutritt verschafft, während sie schlief.

Sie schmeckte bittere Galle im Rachen, als ihr bewusst wurde, was das bedeutete. Sie war diesem Irren hilflos ausgeliefert gewesen. Wahrscheinlich hatte er sie beim Schlafen beobachtet, hätte ihr sonst was antun können.

Das hat er aber nicht.

Du lebst.

Das ist alles, was zählt.

Julia spürte, wie sich ihr Körper dank der Stimme in ihrem Innern etwas entspannte.

Es stimmte.

Wer auch immer hinter allem steckte, war zwar hier gewesen, doch er oder sie hatte ihr nichts zuleide getan. Er oder sie hatte nur diesen Umschlag auf den Tisch gelegt und war wieder verschwunden.

Und wenn nicht?

Was, wenn derjenige noch immer im Haus ist?

Was, wenn du beobachtet wirst?

Julia stemmte sich von ihrem Stuhl auf, machte sich entschlossen auf, das gesamte Haus auf den Kopf zu stellen. Sie sah überall nach, sogar im Keller und obwohl sich, als sie die Treppe ins Dunkle hinunterschritt, alles in ihr dagegen wehrte.

Als sie endlich wieder in der Küche ankam und sicher sein konnte, dass niemand außer ihr im Haus war, nahm sie den Umschlag, öffnete ihn.

Sie seufzte leise, als sicher war, dass sich kein blutiges Detail im Innern des Umschlags befand, er stattdessen lediglich einen weiteren Zeitungsausschnitt enthielt. Verwirrt zog Julia das Papier hervor, erkannte, dass es sich um die Todesanzeige eines Jörg Wagner handelte, der am achten August 2007 überraschend verstorben war.

Wagner …

Wagner!

Die Erkenntnis traf sie wie ein Fausthieb.

Tief in ihrem Unterbewusstsein hatte sie es die ganze Zeit über geahnt.

Sie rannte in ihr altes Zimmer hinüber, kramte aus dem oberen Regal ein kleines Kistchen hervor, klappte es mit zitternden Fingern auf. Sie zog das schwarz umrahmte Foto eines jungen Mannes hervor, ein Totenbild, das die Eltern des Jungen damals an alle Freunde und Bekannten ihres Sohnes geschickt hatten. Julia spürte, wie sich ihre Augen mit Tränen füllten.

Paul.

Der gut aussehende Typ, der damals die Mädchen angezogen hatte wie das Licht die Motten.

Auch Julia war bis über beide Ohren in ihn

verschossen gewesen, zumindest bis zu dem Zeitpunkt, an dem sie sein wahres Ich zum ersten Mal durchschaut hatte. Paul hatte immer gewusst, wie er auf das andere Geschlecht wirkte. Und das hatte er sich zunutze gemacht. Paul war ein Typ gewesen, der sich stets genommen hatte, was er glaubte, das ihm sowieso zustünde.

So war es mit allem gewesen. Auch Julia hatte er damals gewollt und sie mehr oder weniger gegen eine andere ausgetauscht, als er genug von ihr hatte. Sie war verletzt gewesen, zu Tode betrübt sogar, doch sie hatte begriffen, und zwar auf die harte Tour, dass Paul niemals wirklich zu ihr gehört hatte. Schließlich hatte sie sich mit der Situation arrangiert, sie beide waren nach ihrem kurzen Techtelmechtel gute Freunde geworden, bis dieser entsetzliche Abend alles kaputt gemacht hatte.

Julia schluckte.

Ihr fiel der Artikel von dem Unfall ein.

Heidrun W.

Es musste stimmen, so ergab alles endlich einen Sinn.

W. für Wagner.

In ihrer Erinnerung sah sie das verwitterte Häuschen am Ortsrand von Kölpinsee vor sich, vor dem sie damals oft herumgelümmelt und darauf gewartet hatten, bis sie rauskam.

Sandra Wagner.

Sie waren so grausam zu ihr gewesen, wurde Julia

jetzt erst bewusst, eine junge Frau fertigzumachen, die aus der Not heraus mit ihrer Familie auf die Insel gekommen war, in der Hoffnung, dass von nun an alles besser würde.

Sie schluckte.

Alles sah danach aus, als handelte es sich bei Heidrun W. um Sandras Mutter, die sich nach allem, was geschehen war, für ihren Freitod entschieden hatte. Julia erinnerte sich an die Frau. Sie hatte immer so verhärmt ausgesehen, leidend und dann hatte es sich auf der Insel herumgesprochen. Dass sie als psychisch instabil galt und an schweren Depressionen litt, in Therapie musste. Julia schluckte. Plötzlich wurde ihr schmerzhaft bewusst, dass der Suizid der Frau ihrer aller Schuld war. Und der Tod ihres Mannes – Sandras Vater? Er war laut Anzeige von heute auf morgen aus dem Leben gerissen worden. Julia vermutete durch einen Herzinfarkt infolge dessen, was seiner Frau und seiner Tochter widerfahren war.

Plötzlich wusste Julia, was genau sie tun konnte, um wenigstens ein bisschen von ihrer schweren Schuld wiedergutzumachen zu können. Sie ging ins Gästezimmer, schlüpfte in ihre Klamotten vom Vortag, machte sich auf den Weg nach draußen.

Als sie hinter dem Lenkrad ihres Wagens saß, wurde ihr klar, dass sie nicht abgeschlossen hatte. Sie wollte gerade aussteigen und ihr Versäumnis nachholen, als sie abwinkte. *Und wenn schon,* dachte sie. *Wer auch immer hinter mir … hinter uns allen her ist, ist ja schon im Haus gewesen.*

Sie zuckte zusammen, als sie Sandra vor ihrem inneren Auge sah. Deren hasserfüllten Gesichtsausdruck, nachdem man sie damals … Julia schluckte gegen die Angst an. Sollte tatsächlich sie hinter allem stecken, würde es an ein Wunder grenzen, wenn sie glimpflich davonkäme. Denn eines stand fest – Sandra hatte allen Grund der Welt, sich an ihnen zu rächen.

Sie ließ den Motor an, machte sich auf den Weg nach Kölpinsee.

Als Julia knappe fünfzehn Minuten später vor dem Haus der Wagners stand, sah sie auf Anhieb, dass in dem Haus niemand zu wohnen schien. Die unteren Fenster waren mit Brettern vor Einbrechern und neugierigen Gaffern geschützt, was das Gebäude noch düsterer erscheinen ließ. Ganz anders der Garten, der das Haus umgab. Der war bei Weitem nicht mehr so verwildert wie damals noch, es schien, als kümmere sich jemand darum und das machte ihr Hoffnung. Vielleicht lebte Sandra doch noch hier und wollte sich mit den Brettern vor den Fenstern sozusagen abschotten. Nach allem, was ihr widerfahren war, wäre das absolut nachvollziehbar.

Julia schluckte, marschierte entschlossen auf das Gartentor zu. Es war natürlich verriegelt. Sie drückte auf die Klingel und wartete.

Nichts.

Noch mal.

Wieder rührte sich keiner.

Sie seufzte, wollte gerade zu ihrem Auto zurückgehen, als eine Frau von einem der umliegenden Häuser auf sie zukam und sie neugierig ansah. »Sind Sie von der Presse?«

Julia runzelte die Stirn. »Wieso fragen Sie das?«

Die Frau verzog das Gesicht. »Weil Sie nicht die Erste wären, die hierherkommt, um die Sensationslust der Leute zu befriedigen. Und bisher war es immer so, dass Ihre Kollegen irgendwann bei uns Nachbarn geklingelt haben, um uns auszuquetschen, ob wir geahnt haben, was das für Leute waren und so weiter …«

Julia wurde eiskalt. »Ich bin nicht von der Presse«, erklärte sie. »Ich bin eine ehemalige Klassenkameradin von Sandra und muss sie unbedingt sprechen.«

Die Frau legte den Kopf schief.

»Also wenn Sie dieses Miststück sprechen wollen, muss ich Ihnen sagen, dass Sie einige Jahre zu spät sind.«

Julias Magen verkrampfte sich. Ihr Herz hämmerte so extrem, dass sie Angst hatte, tot umzukippen.

»Was meinen Sie damit?«

Die Augen der Frau wurden kalt wie Eis, ihre Gesichtszüge verschlossen sich. »Das Weib hat sich feige vom Acker gemacht. Aber immerhin hat sie auf diese Weise doch noch bekommen, was sie verdient hat.« Die Frau hob ungerührt die Schulter, zwinkerte Julia zu. »Ich persönlich hätte mir allerdings gewünscht, dass sie ein wenig mehr leiden muss, nach allem, was sie dem armen Jungen angetan hat.«

»Wie ist sie gestorben?« Sie brach ab, kämpfte gegen die Tränen an.

Die Frau hob erstaunt die Augenbrauen empor, doch Julia ignorierte das.

»Nein, im Ernst, was ist mit Sandra passiert?«, fragte sie fest und wappnete sich innerlich gegen das, was kommen würde.

»Sie hat sich vergiftet – das war ein knappes Jahr, nachdem sie aus der Haft entlassen wurde. Die Ärzte haben alles versucht, um ihr jämmerliches Leben zu retten, doch es war vergeblich. Sie lag noch eine Zeit lang im Koma, ist aber irgendwann gestorben.« Die Frau lachte unbekümmert, sah Julia an. »So hat sie letztendlich selber für Gerechtigkeit gesorgt. Ich meine, mal ehrlich, nach dem, was sie mit dem Jungen angestellt hat, hätte sie eigentlich lebenslänglich verdient und nicht nur fünf Jahre. Der arme Junge muss sich schließlich für immer die Radieschen von unten angucken.«

In Julias Kopf drehte sich alles. »Die komplette Familie ist … tot … einfach ausgelöscht? Die Mutter, der Vater und Sandra selbst auch?«

Die Frau sah Julia jetzt misstrauisch an. »Wer sind Sie noch gleich?«

»Nicht wichtig«, gab sie schnell zurück und hoffte,

dass nicht zwischenzeitlich im Fernsehen nach ihr gesucht wurde und diese Frau sie soeben erkannt hatte. Sie holte tief Luft. »Aber ich kenne Sandra von früher. Und ich weiß zufällig sehr genau, dass sie damals zu Unrecht verurteilt wurde. Sie hätte niemals eingesperrt werden dürfen. Und Paul … eigentlich war er das Monster und was ihm passiert ist …« Julia brach ab, als sie das Gesicht der Frau sah. Selbstverständlich glaubte die ihr kein Wort, hielt sie mit hoher Wahrscheinlichkeit für eine durchgeknallte Irre.

»Ich hatte so gehofft, dass ich es ihr endlich sagen kann«, stieß sie unter Tränen hervor.

»Was meinen Sie?«, fragte die Frau und wich ein Stück vor ihr zurück.

»Dass mir alles wahnsinnig leidtut und dass sie das nicht verdient hat.«

Die Frau starrte sie an, schüttelte den Kopf. »Ich weiß nicht, ob es Ihnen weiterhilft, aber der Sohn lebt noch irgendwo im Ausland. Er kommt alle paar Jahre mal her, um nach dem Rechten zu sehen. Er bezahlt auch einen Hausmeisterservice, der sich um das Anwesen kümmert. Ist wohl schwer, ein Haus zu verkaufen, in dem eine Mörderin gelebt hat.«

»Ich wusste gar nicht, dass Sandra einen Bruder hatte.«

Die Nachbarin lächelte wehmütig. »Der einzig Normale in dieser irren Familie. Ein wirklich süßer Kerl, aber es ging natürlich auch an ihm nicht spurlos vorbei, was seine Schwester getan hat. Als seine

Mutter sich umbrachte, fiel er in ein tiefes Loch. Dann der Tod seines Vaters … Gott sei Dank gab es eine entferntere Cousine seiner Mutter, die sich bereitwillig die letzten Jahre bis zu seiner Volljährigkeit um ihn kümmerte.«

14

JETZT

Ein Stöhnen entfuhr ihr, als sie versuchte, sich auf dem harten Boden in eine etwas bequemere Position zu bringen. Doch egal, wie sie sich auch hinsetzte, es schmerzte jeder einzelne Muskel in ihrem Körper, sie hatte sogar den Eindruck, ihre Faszien und Sehnen zu spüren. Auch die Haut tat ihr weh. Sie wusste nicht, ob das an ihrer inneren Unruhe lag oder an der Tatsache, dass sie inzwischen wie ein Schneider fror, weil sie sich in diesem feuchten Kellerloch etwas eingefangen zu haben schien. Ihr Hals brannte beim Trockenschlucken wie Feuer und sie verspürte einen Druck auf der Brust, der sich anfühlte, als säße ein Elefant auf ihr. Wahrscheinlich war eine Bronchitis im Anmarsch. Wenn sie Pech hatte, gar eine Lungenentzündung. Sie stöhnte leise, schlug sachte mit dem Hinterkopf gegen die Wand, an der sie seit Stunden lehnte, und legte alle Kraft in die Aufgabe, nur ja nicht die Nerven zu verlieren. Die Gefahr, dass sie ebenfalls laut schreiend die Aufmerksamkeit des Verrückten auf sich lenkte, war viel zu groß. Am besten wäre es, wenn sie tat, was von ihr verlangt wurde, und sich unterwürfig verhielt, Gehorsam vermittelte. Ihren Mitgefangenen hatte sie mittlerweile eine kleine Ewigkeit nicht mehr gehört und obwohl ihr seine Schreie durch und durch gegangen waren, hatten sie sie zumindest beruhigt – weil sie sie als ein Lebenszeichen gewertet hatte. Doch jetzt … Jetzt war es totenstill in diesem schrecklichen Verlies und sie hatte den Eindruck, dass ihre mentale Verfassung von Sekunde zu Sekunde bröckeliger wurde, sie den Verstand verlor, wenn sie weiterhin der Stille lauschte, in der Hoffnung, etwas zu hören, das von Leben zeugte. Zwar hatte der Wahnsinnige ihr bislang noch kein einziges Haar gekrümmt, doch woher sollte sie wissen, wie lange ihr dieses Privileg noch vergönnt war? Sie hatte keinen Zweifel daran, dass der Mann nicht davor zurückschreckte, auch gegen das schwache Geschlecht gewalttätig zu werden. Schließlich hatte sie es mit einem Monster zu tun und diese hatten nun mal keinerlei Gewissen im Leib, keine Hemmungen, auch nicht davor, den Schwachen und Hilflosen etwas anzutun. Obwohl … so schwach und hilflos war sie eigentlich gar nicht. Zumindest hatte sie das bis vor Kurzem noch angenommen. Sie hatte etliche Unterrichtsstunden in Selbstverteidigung absolviert, verstand es durchaus, sich zur Wehr zu setzen, dennoch hielt irgendwas sie davon ab, ihre Fähigkeiten bei dem Mann einzusetzen, der sie hier festhielt. Stattdessen drängte etwas in ihr danach, herauszufinden, ob der andere Gefangene noch lebte. Sie musste wissen, ob er einigermaßen okay war, doch sie wusste natürlich, wenn sie das tat, würde sie dem Zorn des Irren gleichermaßen, wenn nicht gar noch schlimmer, zu spüren bekommen.

Also biss sie sich auf die Zunge, so fest, dass sie ihr eigenes Blut schmecken konnte, und hoffte im Stillen, dass letztendlich doch noch alles gut würde.

»He! Aufwachen!«

Die Stimme bohrte sich unnachgiebig in ihre Gehörgänge, riss sie unsanft ins Hier und Jetzt zurück. Sie hatte einen so schönen Traum gehabt. Da war das Meer gewesen. Der Strand von Heringsdorf. Sie war mit Benny, einem neuen Kollegen, in den sie seit einigen Wochen heimlich verliebt war, beim Eis essen gewesen und dann hatte er sie bei der Hand genommen, war mit ihr die lange Seebrücke bis zum Ende gelaufen, hatte sie an das Holzgeländer der Brücke gedrängt, sie leidenschaftlich geküsst. Es hatte sich so gut angefühlt, fast real, bis die drohende Stimme des Irren ihr schmerzhaft bewusst werden ließ, dass das alles nicht echt war. Hier unten war weder salzige Luft noch frischer Wind, kein Meer, das sie so liebte, kein Benny, von dem sie sich – anders als mit Joe - durchaus hatte vorstellen können, dass er derjenige wäre, mit dem sie alt und grau würde. Benommen öffnete sie die Augen, stöhnte, als sie sich von ihrer halb sitzenden Liegeposition aufrappelte. In ihrem Kopf stach es gottserbärmlich, ihr war speiübel, weil sie inzwischen seit Tagen nichts gegessen hatte. Dann sah sie seine Umrisse. Er stand in etwa zwei Metern Abstand in ihrer Zelle, starrte zu ihr hinunter. Er hielt etwas in seinen Händen, atmete ganz ruhig, sah sie nur durch die Dunkelheit hinweg an.

Instinktiv zog sie ihre Beine zu ihrem Körper, presste ihren Rücken noch fester gegen die eiskalte Wand, biss ihre Zähne fest aufeinander, damit sie nicht plötzlich vor Angst oder vor Kälte gegeneinanderschlugen.

»Was wollen Sie?«, fragte sie leise, als sie sich soweit wieder im Griff hatte, dass sie imstande war, klare Gedanken zu fassen. »Wie geht es dem Mann, der vorhin so geschrien hat?«

Ein leises Seufzen erklang. »Es ging ihm sicher schon mal besser«, sagte der Irre und klang beinahe aufrichtig.

»Ist er tot?«

»Das hoffe ich doch nicht!«, sagte der Mann und kicherte. »Ich hab nämlich noch so einiges mit ihm vor.« Er lachte auf, wurde schlagartig wieder ernst. »Mit Ihnen übrigens auch, meine Liebe.« Er kam näher, ging vor ihr in die Hocke, reichte ihr eine kleine Flasche.

Sie öffnete sie gierig, trank ein paar Schlucke. Es

war zwar nur stilles Wasser, doch es schmeckte köstlich. Jedoch reizte es ihren leeren Magen, brachte ihn dazu, sich schmerzhaft zusammenzuziehen.

Der Irre schien das zu bemerken, denn er reichte ihr ein kleines Päckchen. »Das sind ein paar Sandwichs aus dem Supermarkt. Mehr habe ich leider nicht hier.« Er räusperte sich, machte eine auffordernde Kopfbewegung. »Essen und trinken Sie ausreichend. Ich brauche Sie später für etwas Wichtiges.« Er legte den Kopf schief. »Das ist wirklich eine verantwortungsvolle Aufgabe, die ich Ihnen übertragen muss, und ich hoffe doch sehr, dass Sie mich nicht enttäuschen werden.«

Schnell schüttelte sie den Kopf, nahm das Paket aus seinen Händen, fummelte an der Verpackung, bis sie eine kleine Abziehlasche fand. Sie riss daran und sofort erfüllte der Geruch nach Mayonnaise und Thunfisch den Raum. Beinahe hätte sich ihr der Magen umgedreht, denn sie hasste Thunfisch aus ganzem Herzen, doch hatte sie hier und heute keine andere Wahl. Sie musste dieses pappige Sandwich hinunterwürgen, dafür sorgen, dass ihr Körper seine Energiereserven auffüllen konnte, es ihr besser ginge. Vielleicht konnte sie sich irgendwie dank ihrer Fähigkeit, mit Menschen zu interagieren, in eine bessere Position bringen. Sie musste es wenigstens versuchen. Um ihr Leben reden, den Mann dazu bringen, dass er sie als das wahrnahm, das sie war – ein Lebewesen aus Fleisch und Blut mit Gefühlen und vor allem der

Fähigkeit, Schmerz zu empfinden. Denn das war es doch, was einem die Psychologen in diesen Polizeiserien immer weismachten: *Sollten Sie jemals in eine solche Situation geraten, bleiben Sie ruhig und gewinnen Sie Zeit. Reden Sie mit Ihrem Angreifer, machen Sie ihm klar, dass Sie ein Mensch aus Fleisch und Blut sind, fordern Sie ihn auf, Sie beim Namen zu nennen, das schafft Bindung.*

Sie biss in das Sandwich, kaute, schluckte. Dann noch mal.

Schließlich atmete sie tief durch, sah den Mann an. »Haben Sie vielen Dank. Ich hatte wirklich großen Hunger. Und ich werde selbstverständlich tun, was immer Sie verlangen.«

»Das höre ich gern«, erklärte der Irre und kam noch näher. So nah, dass sie trotz der Dunkelheit seine Gesichtszüge erkannte. Ihr wurde bewusst, dass es gar kein gutes Zeichen war, dass er keine Maske oder Ähnliches trug und als habe er ihre Gedanken erraten, schüttelte er den Kopf. »Das hat gar nichts zu heißen, meine Liebe. Wenn Sie tun, was ich verlange und sich nicht danebenbenehmen, haben Sie weit bessere Karten als ihr Zellennachbar, okay?«

Sie nickte schnell, schob sich den Rest des ersten Sandwichs in der Packung in den Mund, kaute und schluckte den viel zu großen Bissen. In ihrem Magen krampfte und gurgelte es und sie hatte Angst, dass sie das Essen innerhalb kürzester Zeit wieder erbrechen würde, doch dann, so schnell wie er gekommen war, legte sich der Schmerz schon wieder und in ihrem

Magen herrschte Ruhe. Erleichtert lehnte sie ihren Kopf an die Wand, sah den Mann an. »Ich denke, ich weiß, warum wir hier sind. Die Tatsache, dass auch Marco …« Sie brach ab.

Der Mann blieb stumm.

»Es ist wegen dem, was Paul damals getan hat. Oder wegen dem, was ihm passiert ist.«

Weiterhin Schweigen.

»Wir waren noch jung, hatten nur Blödsinn im Kopf. Außerdem war alles seine Idee, verstehen Sie? Er hat uns dazu überredet, weil er sich an dem Mädchen rächen wollte. Er hat sie von Anfang an nur veralbert, doch sie hat es durchschaut und den Spieß umgedreht, das hat ihn total verrückt gemacht. Er war es nicht gewohnt, zurückgewiesen zu werden.«

Ein Seufzen erklang, dann hob der Mann den Zeigefinger seiner rechten Hand, legte ihn für den Bruchteil einer Sekunde über seine gespitzten Lippen. »Das spielt jetzt keine Rolle mehr«, erklärte er und klang, als würde er das wirklich von Herzen bedauern. »Was geschehen ist, ist geschehen, aber Sie verstehen sicher, dass ich keine Unterschiede zwischen Ihnen allen machen kann. Wie heißt es so schön – mitgefangen, mitgehangen.« Er stieß die Luft aus, legte den Kopf schief. »Wenn ich nachher wiederkomme, will ich, dass Sie ganz bei der Sache sind. Sie bekommen von mir ein Wegwerfhandy. Dann rufen Sie bei der Kripo in Berlin an und geben denen, ohne Ihren Namen zu nennen, ein paar Zahlen durch. Es wird eine Weile dauern, bis diese Idioten begreifen, dass das Koordinaten sind, doch bis dahin haben Sie schon längst aufgelegt und ich vernichte das Handy samt SIM-Karte.«

»Und was hat das zu bedeuten?«

Der Mann schien einen Augenblick über die passende Antwort nachzudenken, dann sah er sie an. »Es bedeutet, dass die letzte Spielfigur endlich dazu bereit ist, zu uns zu stoßen. Und dass so langsam alles und jeder sein verdientes Ende findet.«

Die feinen Härchen in ihrem Nacken richteten sich kerzengerade auf, das Herz schlug ihr bis zum Hals. Sie wollte den Irren noch so viel fragen, doch in ihrem Kopf drehte sich alles. Sie schluckte gegen diese rasende Angst in ihrem Innern an. »Werden Sie uns lebend wieder rauslassen?«

Er sagte nichts, seufzte nur gespielt theatralisch. »Also für Ihren Mitgefangenen kann ich meine Hand nicht ins Feuer legen, aber wenn Sie sich nicht querstellen, haben Sie durchaus gute Chancen, dass Sie all Ihre Gliedmaßen behalten und das ist schon einmal weit mehr, als Ihrem Kollegen nebenan zuteilwurde.«

Sie seufzte erleichtert auf, schnappte nach Luft.

»Dann lassen Sie mich gehen?«

»Wie ich bereits sagte, kooperieren Sie und überstrapazieren Sie auf keinen Fall meine Geduld, dann geht das alles vielleicht gar nicht so übel für Sie aus.«

Sie schluckte, drängte die Tränen der Dankbarkeit zurück.

»Was damals geschehen ist, tut mir wirklich leid«, erklärte sie. »Ich wusste damals schon, dass es falsch ist, aber wir hatten keine Wahl, er hat uns dazu gezwungen und als … als …« Sie brach ab, suchte nach Worten. »Als es vorbei war, konnten wir nichts anderes tun, als uns zu überlegen, wie wir uns schützen konnten. Wir hatten solche Angst, verstehen Sie, wir wollten wirklich niemandem schaden.«

Er schien darüber nachzudenken, nickte dann. »Ich glaube Ihnen, okay? Und nun lasse ich Sie allein, doch vergessen Sie nicht, wenn ich nachher wiederkomme, müssen Sie etwas für mich tun und wer weiß – vielleicht lasse ich Sie danach wirklich gehen.«

Sie schluckte, forschte in seinen Gesichtszügen nach einer Regung, die seine Worte als Lüge identifizierte, doch er schien aufrichtig zu sein.

Sie atmete tief durch, stellte sich vor, wie es wäre, endlich wieder die Sonne und den Himmel zu sehen, den Strand und das Meer, in ihrem Bett zu schlafen, fernzusehen, ihrer Arbeit nachzugehen, sich nach Feierabend mit Freunden zu treffen und vielleicht sogar den Mut aufzubringen, Benny ihre Gefühle zu gestehen. Nach dem, was sie hier unten durchmachte, hätte sie sich ein sorgloses Leben mehr als verdient. Vielleicht sogar die Aussicht auf eine zweite Schwangerschaft und das lang ersehnte Baby. Sie sah ihn an, betete, dass er ihr nicht ansah, dass er mit seinen Worten neue Hoffnung bei ihr geschürt hatte, die an pure Euphorie grenzte. Daher nickte sie nur. »Ich werde mein Bestes geben, versprochen.«

Er nickte. »Und ich werde mein Versprechen ebenfalls halten. Sie dürfen gehen, sobald Sie Ihren Part der Vereinbarung erledigt haben und unser hoher Besuch den Weg hierher gefunden hat.«

15

JETZT

Wieder im Wagen fühlte Julia sich vollkommen zerschlagen. Sie hatte mit allem gerechnet. Dass Sandra ihr die Tür entweder gar nicht öffnen oder sie ihr vor der Nase zuwerfen würde. Ihr Tod jedoch … oder vielmehr ihr schrecklicher Suizid war mehr, als sie für den Moment ertrug.

Julia schniefte, drängte die aufsteigenden Tränen zurück. So ergab am Ende doch alles einen Sinn.

Vor ihrem inneren Auge sah sie Sandra, wie sie damals durch den Wald gelaufen war. Paul, der wie besessen von der Idee war, ihr heimzuzahlen, dass sie ihn öffentlich hatte abblitzen lassen. Es sollte alles nur ein Spaß sein – hatte er behauptet, aber es war alles vollkommen ausgeufert. Er hatte sich eine Skimaske übergezogen und so getan, als wolle er sie tatsächlich vergewaltigen. Sein Plan war es, sie bis auf die Unterwäsche auszuziehen und dann von ihr abzulassen, sich die Maske runterzureißen, mit den Worten: »*Nee, du bist doch nicht mein Typ.*« Erst dann sollten Clarissa, Vally, Marco und sie selbst aus ihren Verstecken kommen und lauthals über Sandra lachen, damit sie sich so richtig dämlich vorkäme. Leider kam alles ganz anders. Julia verspätete sich, weil sie einen Streit mit ihrer Mutter wegen Sabrina hatte. Sie stieß erst zu den anderen, als Paul schon blutend am Boden lag. Alle waren panisch, schrien wild durcheinander und Sandra selbst – sie war zu dem Zeitpunkt längst weggelaufen. Schließlich hatten die anderen ihr erzählt, was passiert war. Dass der »Spaß« ausgeufert war, weil Sandra auf einmal ein Messer hervorgezogen hatte, es Paul, ohne nachzudenken, seitlich in den Hals gestoßen hatte.

Julia spürte, wie ihr der Schweiß ausbrach. Sie hatte an jenem Tag den starken Drang gehabt, wie Sandra einfach wegzulaufen, die anderen mit ihrer selbst fabrizierten Scheiße zurückzulassen, doch dann hatte sie Paul auf dem Waldboden liegen sehen und alles war wieder hochgekommen. Sie war noch immer in ihn verliebt gewesen, bewunderte ihn, und dass er plötzlich tot war, machte sie so wütend, dass sie schließlich doch nachgab und bei dem Plan der anderen mitzog. Nachdem sie Sandra damals denunziert und durch falsche Aussagen in Untersuchungshaft und schließlich in die Jugendstrafanstalt gebracht hatten, war deren gesamte Familie zerbrochen. Die Mutter, sowieso depressiv, hatte ihr Leben beendet, indem sie gegen einen Baum fuhr. Der Vater starb wenig später – wahrscheinlich weil er nicht damit leben konnte, was Frau und Tochter zugestoßen war. Und Sandra selbst … Julia vermochte sich nicht einmal vorzustellen, wie sie sich gefühlt haben musste, nachdem man sie unschuldig hinter Gitter gebracht hatte und sie hilflos zusehen musste, wie ihre Eltern kurz nacheinander starben, der Bruder von einer entfernten Verwandten betreut wurde.

Julia konnte sich gut vorstellen, dass Sandra ihren eigenen Suizid bereits in Haft ausführlich geplant hatte. Sie musste geglaubt haben, dass ihr Leben nichts mehr wert war, wenn sie aus der Haft entlassen wurde, sie nach allem, was geschehen war, niemals eine Chance auf ein richtiges Leben haben würde.

Ein verzweifelter Schrei brach sich aus ihrem Innern, als ihr bewusst wurde, dass sie alles, was in den letzten Tagen passiert war, mehr als verdient hatte. Sebastian war verschwunden, die Person, die ihr am wertvollsten war. Und die kleine Marie. Julia stieß die Luft aus. Sandras Bruder war nicht nur auf Rache aus, er wollte es ihr mit gleicher Münze heimzahlen, sie spüren lassen, wie es war, alles zu verlieren, so wie er durch ihre Schuld.

Kurz erwog sie, die Polizei anzurufen und Elke Schenk die neuesten Erkenntnisse mitzuteilen, doch im Grunde änderte das nichts. Sie würden den Täter niemals so schnell aufspüren können, dass er Sebastian und Marie nichts mehr zuleide tun konnte. Ganz im

Gegenteil – sollte er mitbekommen, was sie getan hatte, würde er keine Skrupel mehr kennen, seine Drohungen wahr zu machen. Und dann wäre es allein ihre Schuld, wenn ihre Schwester ihr einziges Kind verlöre. Und sie ihren Ehemann.

Julia atmete tief ein, ging im Kopf ihre Optionen durch. Fakt war, dass der Täter sie rund um die Uhr beobachtete. Nur so konnte er sichergehen, dass sie tat, was er verlangte. Die Frage war nur, was genau er mit all dem bezweckte? Er wollte auf jeden Fall, dass sie sich erinnerte. Dass sie erkannte, was sie alle seiner Familie angetan hatten. Doch wieso hatte er nur Clarissa und wahrscheinlich Marco in seiner Gewalt und ließ sie frei draußen herumspazieren, entführte ihre Nichte und ihren Mann?

Das ergab so noch keinen richtigen Sinn.

Oder doch?

Sie schloss die Augen, hätte sich für ihre Blödheit selbst ohrfeigen können.

Er hatte alles ganz genau geplant. Sebastians und Maries Entführung, damit er ein Druckmittel gegen sie hatte. Die Entführung von Clarissa und Marco, damit sie auch wirklich begriff, wie ernst es ihm war.

Sie stieß die Luft aus, schlug mit der Faust gegen das Armaturenbrett. Dieser Finger, das Ohr – die beiden Körperteile stammten nicht von ihrem Mann. Sie stammten von Marco, der damals dabei war, als Pauls bester Kumpel sogar eine tragende Rolle an allem hatte. Sandra musste ihrem Bruder alles erzählt haben … Deswegen hatte er Vally getötet, weil sie als Pauls Freundin natürlich, ohne zu zögern, zu ihm gehalten hatte. Und Clarissa? Sie war schon immer leicht zu manipulieren gewesen, hielt selbstverständlich zu ihrer besten Freundin Vally. Julia wurde klar, dass er sie aus einem bestimmten Grund noch nicht in seiner Gewalt hatte. Er wollte, dass sie Sandras Namen reinwusch. Dass sie wenigstens jetzt dafür sorgte, dass alle erfuhren, wer die tatsächlichen Monster in dieser Geschichte waren. Und dass seine Familie, allen voran seine Schwester, zu Unrecht denunziert worden war.

Sie war Journalistin, sie konnte schreiben, sie hatte die nötigen Kontakte und sie kannte die ganze Geschichte …

Julia schluckte, startete den Wagen. In ihrem Kopf drehte sich alles, doch dann sah sie plötzlich alles ganz klar vor sich. Sie würde zum Friedhof fahren, Sandras Grab suchen und sich entschuldigen. Danach würde sie ins Haus ihrer Mutter fahren und sofort loslegen. Sie würde, falls nötig, die ganze Nacht an dem Artikel sitzen, ihn gleich morgen früh an alle Redaktionen schicken und sowohl der Polizei Wolgast als auch der ansässigen Staatsanwaltschaft eine Kopie samt Schuldeingeständnis zukommen lassen. Danach würde sie abwarten. Es gab nur diese eine Möglichkeit, so viel stand fest, die Frage war nur, was anschließend geschehen würde. Marie und Sebastian hatten seiner Familie nichts getan, waren in dieser Geschichte ebenfalls nur unschuldige Opfer, also bestand immerhin der Hauch einer Chance, dass er zumindest sie freiließe, sobald sie getan hatte, was getan werden musste. Und Clarissa und Marco?

Julia fragte sich, was sie wohl mit ihnen allen täte, hätte ihre Familie etwas Derartiges durchmachen müssen.

Würde sie sie am Leben lassen?

Sie schluckte, verdrängte die Antwort in ihrem Kopf, trat aufs Gas.

Am Friedhof angekommen, wurde ihr bewusst, dass sie keine Ahnung hatte, wo sich das Grab von Sandra Wagner befand. Und ob sie überhaupt auf der Insel beerdigt war. Ursprünglich stammte sie aus Berlin, doch versuchen musste sie es zumindest. Sie stieg aus, machte sich auf den Weg zu dem kleinen Häuschen, in dem der Friedhofsgärtner seine Utensilien aufbewahrte. Wenn sie Glück hatte, war er gerade hier und sie musste nicht erst ewig suchen.

Julia seufzte, als sie sah, dass die Tür verschlossen war. Ihr Handy plingte.

Sie zog es aus der Tasche, warf einen Blick darauf.

Reihe 14 stand kommentarlos auf dem Display. Sie blieb stehen, wirbelte herum.

Außer ihr waren nur eine alte Frau und ein junges Paar in der Nähe.

Allerdings bedeutete das gar nichts, denn der Friedhof war ringsherum von Bäumen eingewachsen und befand sich davon abgesehen sowieso mitten im Wald, bot daher zahlreiche Gelegenheiten, sich zu verstecken und aus der Ferne zu beobachten. Egal!

Julia wusste, dass ihr keiner etwas tun würde, solange sie Sandras Weste nicht reingewaschen hätte. Niemand würde sie hier hinterrücks überfallen und verschleppen, ihr etwas antun. Daher lief sie schnurstracks zu Reihe vierzehn und suchte nach dem Grab der Wagners. Es lag ganz am Ende der Reihe, vor einer halb verfallenen Mauer aus alten Steinen. Die Grabstelle erweckte den Anschein, als würde sie regelmäßig gehegt und gepflegt werden. Sie war hübsch bepflanzt, Blumensträuße steckten in einigen Steckvasen in der feuchten Erde, trotzdem vermittelte das Grab einen unsauberen Eindruck. Überall lag irgendwelcher Müll herum, Eierschalenreste und sogar Exkremente klebten am Grabstein.

Julia lief es eiskalt den Rücken hinunter. Sandra musste nach allem, was die Leute ihretwegen zu wissen glaubten, als Abschaum gelten. Deswegen kamen sie her, beschmutzten diesen Ort, um selbst über Sandras Tod hinaus zum Ausdruck zu bringen, was sie von ihr hielten. Wie schmerzhaft musste es für den einzigen Angehörigen der Familie sein, dies wieder und wieder unter die Nase gerieben zu bekommen?

Jegliche Kraft wich aus Julias Körper. Sie sank vor dem Grab auf die Knie, fing an zu weinen.

»Es … tut mir so leid«, stammelte sie schließlich

brüchig. Das tat es wirklich, aus tiefstem Herzen sogar, doch natürlich war Julia bewusst, dass ihr nachträgliches Schuldeingeständnis und Gejammer niemandem etwas nützte. Der Schweiß brach ihr aus. Sie musste hier weg! Fort von dem Ort, der ihr mehr als jeder andere bewusst werden ließ, wie groß die Schuld war, die sie alle damals auf sich geladen hatten.

Als sie die Auffahrt zum Haus ihrer Mutter hochfuhr, spürte sie instinktiv, dass jemand hier gewesen war. Sie stieg aus, sperrte den Wagen ab, ging zur Tür, öffnete.

Und da stand es … mitten im Gang und nicht zu übersehen: ein flaches Paket, auf dem ihr Name stand.

Sie hob es auf, trug es in die Küche, riss an der Verpackung.

Im Innern des Päckchens befand sich ein Laptop, auf dem ein kleiner Post-it-Zettel klebte.

SCHREIB!!! stand darauf geschrieben und sonst gar nichts.

Sie fing an zu zittern, als ihr bewusst wurde, dass es sich bei dem Gerät um ihr eigenes handelte, das sie in Berlin zurückgelassen hatte, weil sie stattdessen ihren kleinen Tablet-PC dabei hatte.

Sie schluckte, setzte sich an den Tisch, klappte den Laptop auf, fing, ohne groß darüber nachzudenken, an zu schreiben.

. . .

Es war fast Mitternacht, als sie alle Mails fertig geschrieben und abgeschickt hatte. Eine an ihren Chefredakteur in Berlin mit der Bitte, ihre Mail in der nächsten Ausgabe auf der Titelseite abzudrucken. An sämtliche Nachrichtensender in Berlin und Schleswig-Holstein. Außerdem an die Hauptredaktion der Ostseezeitung sowie die Polizeihauptzentrale Schleswig-Holstein samt Staatsanwaltschaft.

Als sie fertig war, stand sie auf, ging ins Gästezimmer, legte sich aufs Bett. Und obwohl sie getan hatte, was schon längst überfällig war, hatte sie noch immer keine Angst, was jetzt mit ihr geschehen würde. Sie wusste, dass es, was ihre Buße anging, auch mit all den Mails noch lange nicht getan war, trotzdem machte sie sich keine Sorgen um ihre eigene Sicherheit. Sie hatte alles versucht, was in ihrer Macht stand, um ihrem Mann und Marie zu helfen, sie zu retten, alles Weitere lag nun nicht mehr in ihren Händen. Sie würde versuchen, ein wenig zu schlafen, damit sie einigermaßen fit war, wenn morgen Früh die ersten Reaktionen auf ihre Mails kamen.

Doch obwohl sie todmüde und vollkommen erschöpft war, fand sie keinen Schlaf. Ihr Herz hämmerte gegen ihre Rippen und sie spürte das Hämmern bis in den letzten Winkel ihres Gehirns. Kurz überlegte sie, wieder aufzustehen und ein wenig fernzusehen, doch selbst dazu war sie zu erschöpft. Sie ignorierte das Summen ihres Handys aus der Küche genau wie den Piepton, der nur Sekunden später eine eingegangene Nachricht ankündigte. Sie seufzte erleichtert, als ihr irgendwann doch ganz langsam die Augen zufielen. *Ein bisschen schlafen,* dachte sie. *Einfach eine Weile weg von all dem.*

Ein entferntes Summen ließ sie aus dem Schlaf aufschrecken. Sie sah sich benommen um, bemerkte, dass es draußen noch dunkel war. Sie warf einen Blick auf die Uhr. Kurz nach vier Uhr. Besonders lange hatte sie also nicht geschlafen. Sie wollte sich gerade wieder zurück in die Kissen sinken lassen, als erneut das Summen ertönte. Wer auch immer da bei ihr anrief, war äußerst hartnäckig.

Sie ging in die Küche, warf einen Blick aufs Display und erschrak. Sie hatte mehr als vierzig Anrufe verpasst. Etliche stammten von ihrer Mutter und Sabrina, einige von dieser Polizistin und weitere von ihrem Boss und einigen unbekannten Anrufern. Sie seufzte leise, klickte sich zu den Nachrichten durch. Dort sah es ähnlich aus. Sie fing ganz oben an zu lesen. Ihre Mutter hatte geschrieben, weil sie krank vor Sorge um sie war. Sabrina ebenfalls. Und da waren auch welche von Jan, der ihr drohte, dass, sollte sie nicht bald ans Telefon gehen, er zu den Bullen ginge.

Geh doch, dachte Julia bei sich und wollte das Handy schon wieder zurücklegen, als es zu klingeln anfing. Sie sah aufs Display. Ihr Boss! Was wollte der um diese Zeit von ihr? Ihr fiel ein, dass sie ihm den

Artikel nicht nur an die Redaktionsmailadresse, sondern auch an seine private geschickt hatte. Also hatte er ihren Bericht bereits gelesen. Seufzend nahm sie den Anruf an.

»Deine Mail«, kam er sofort auf den Punkt, »was bedeutet das?«

Julia schluckte. »Sie bedeutet, dass Sandra Wagner damals zu Unrecht verurteilt und als Mörderin denunziert wurde.«

»Und die anderen Dinge, die du geschrieben hast? Was ist damit?«

Julia schluckte. »Alles in dieser Mail ist genauso passiert, wie es da steht. Ich will, dass du sie druckst. Und ich will, dass du es schnellstmöglich tust, weil ich die Mail auch an andere Zeitungen und Nachrichtensender geschickt habe, inklusive der Polizei und der Staatsanwaltschaft.«

Ein Seufzen erklang.

»Die Polizei hat schon mehrmals bei uns angerufen und nach dir gefragt, allerdings bereits vor Eingang deines Geständnisses.«

»Das hab ich mir gedacht«, gab Julia zurück. »Ich hätte eigentlich Sebastians Laptop zu ihnen bringen sollen, doch das ging nicht. Ich musste weg aus Berlin.«

»Du musst herkommen«, sagte er sanft, doch Julia hörte, dass diese Sanftheit nur gespielt war.

»Das werde ich«, erklärte sie. »Und ich werde zur Polizei gehen, sobald ich es zu Ende gebracht habe. Ich muss …« Julia brach ab, als sie bemerkte, dass ihre Worte plötzlich merkwürdig hohl klangen. Die Leitung war tot. Sie sah auf das Gerät und tatsächlich, sie hatte auf einmal keinerlei Empfang mehr. Sie wollte gerade zurück ins Gästezimmer gehen, um sich anzuziehen, als das Licht ausging. Die plötzliche Dunkelheit und Stille im Haus jagten ihr eine Heidenangst ein. Als sie einen Windzug hinter sich spürte, wirbelte sie herum. Sie kam nicht mehr dazu, einen erschrockenen Schrei auszustoßen. Alles passierte gleichzeitig. Funken erhellten die Dunkelheit, dann wurde sie von einem heftigen Schmerz an der Schläfe von einer Sekunde auf die andere quasi lahmgelegt. Sie sackte zu Boden, blieb zuckend und krampfend liegen.

Sie hatte keinerlei Kontrolle mehr über ihren Schließmuskel, urinierte sich in ihre Schlafanzughose. Speichel lief ihr aus dem Mund. Sie spürte etwas Weiches, Stinkendes auf dem Gesicht.

»Lust auf eine allerletzte Reise, meine Schöne?«

Julia nahm die Stimme wie aus weiter Ferne wahr, doch anders als die plötzliche Dunkelheit machte sie ihr keine Angst. Vielleicht weil sie gewusst hatte, dass er sie holen käme … Dass auch sie ihrer gerechten Strafe nicht entgehen würde.

Eine bleierne Schwere lullte sie ein.

Selbst den Schmerz im Kopf nahm sie kaum noch wahr.

Das ist wie fliegen, dachte sie, dann wurde es schwarz.

16

JETZT

Der fürchterliche Gestank weckte sie. Eine Mischung aus Fäkalien, Schweiß und etwas, das sie nicht näher definieren konnte. Sie brachte sich in eine aufrechte Sitzposition, stöhnte. Ihre Kopfhaut brannte, ihre Schläfe schmerzte von den Stromschlägen des Teasers und ihr gesamter Körper fühlte sich so schwer an, als wäre er mit Beton aufgefüllt. Ein Stöhnen entwich ihr, als sie es endlich geschafft hatte, sich hinzuhocken. Plötzlich fiel ihr alles wieder ein. Sie hatte mit ihrem Boss telefoniert, danach waren die Lichter ausgegangen. Er musste die ganze Zeit über im Haus gewesen sein. Wahrscheinlich im Keller. Er hatte die Sicherungen rausgedreht, um sie zu verwirren, sie überwältigt und hierher gebracht. Sie sah sich um. Es war stockdunkel und eiskalt. Ein Keller!

Sie schluckte. Hatte er sie in sein altes Haus gebracht? Doch dort gab es unzählige Nachbarn, die

Chance, dass jemand hörte, wenn sie schrie, war viel zu groß. Einen Versuch war es dennoch wert.

»**HILFE!**«, setzte sie an und legte all ihre verbleibende Kraft in ihren Schrei. Wenn da draußen jemand war, musste sie alles versuchen, um gehört zu werden. »BITTE, HELFEN SIE MIR!«

»Oh mein Gott, Julia, bist du das?«

Sie zuckte zusammen.

War das Clarissa? Die Stimme klang, als sei sie … Sie schrie, als aus der Dunkelheit zwei Hände auf sie zuschossen, ihre Arme umschlossen. »Du musst leise sein. Wenn er mitbekommt, was du abziehst, wird er dich bestrafen.«

Ein Schluchzen brach aus ihrer Kehle hervor. Sie fiel der alten Freundin in die Arme. »Ich hab nicht mitbekommen, dass du bei mir bist.«

»Ich hab geschlafen, bis du zu schreien anfingst«, erklärte Clarissa ihr. »Marco ist auch hier. Er liegt da drüben, ganz an der Wand. Er ist ziemlich … am Arsch würde ich sagen.«

»Was hat er mit ihm gemacht?«

»Ich weiß es nicht«, sagte Clarissa. »Aber ich hab ihn immer wieder schreien gehört und als er ihn vorhin zu uns brachte, war er bewusstlos.«

»Das heißt, ihr wart vorher in einem anderen Raum?«

»Er hat uns getrennt voneinander gehalten. Erst als du kamst, hat er uns alle hier eingesperrt, bei dir.«

Julia schluckte. »Du weißt, weshalb das alles passiert?«

»Wegen Sandra, ja.«

»Wie hat er dich hierhergebracht?«

Clarissa begann zu weinen. »Er hat mich in meiner Wohnung überwältigt.«

»Und Marco?«

»Das weiß ich nicht. Aber ich hab mitbekommen, dass niemand ihn vermisst, weil er das Handy von ihm nutzt, um seine Frau mit gefakten Nachrichten ruhigzustellen. Sie weiß überhaupt nicht, dass ihr Mann nicht auf Dienstreise ist. Und seine Kollegen denken, er sei krank.«

Julias Gedanken rasten.

»Er hat mich gezwungen, einen Artikel zu schreiben und an alle Redaktionen zu schicken. Sein Ziel war es, die Weste seiner Schwester reinzuwaschen und das hab ich getan.«

»Dann lässt er uns jetzt sicherlich gehen.«

»Wie naiv bist du eigentlich? Der lässt uns nicht weg. Nie wieder.«

Julia sah in der Dunkelheit Clarissas Umrisse. Sie schüttelte den Kopf. »Er hat es mir versprochen. Er sagte, wenn ich diesen Anruf tätige, lässt er mich gehen. Und das hab ich gemacht. Alles lief gut.«

»Was für einen Anruf denn?«

»Er hat mir die Augen verbunden und mich nach draußen gebracht. Ich musste mich als Julia Stecher ausgeben. Er wollte, dass ich ein paar Zahlencodes durchgebe, und hat sofort wieder aufgelegt.«

Julia starrte Clarissa entsetzt an. »Er hat verlangt, dass du als Julia Stecher den Behörden einen Zahlencode gibst?«

Sie senkte den Blick. Ihr wurde schlecht. Langsam ergab alles ein Bild. »Erinnerst du dich an die Zahlen?«

»Alles ging so schnell, aber ich hatte den Eindruck, als handele es sich dabei um Koordinaten.«

»Oh mein Gott! Diese Koordinaten führen die Beamten direkt zu meinem Mann und zu meiner Nichte. Sie werden denken, dass ich hinter ihrer Entführung stecke.«

»Er hat deine Familie entführt?«

Julia nickte. »Ist dir sonst noch etwas aufgefallen? Hat sich dieser Irre euch beiden gegenüber irgendwie anders verhalten als die letzten Tage? Hat er was über mich gesagt, was genau er vorhat?«

Clarissa japste. »Nur, dass hoher Besuch zu uns stößt und seine letzte Spielfigur auf einem guten Weg ist. Und dann hat er heute über Stunden hinweg die ganze Zeit über Lärm gemacht. Es klang, als räume er auf.«

»Er beseitigt seine Spuren …«

Julia und Clarissa schrien gleichzeitig auf, als sie Marcos schwache Stimme vernahmen.

Julia tastete sich an der Wand des Verlieses in die Richtung, aus der die Stimme gekommen war, ging auf die Knie. »Wie geht es dir? Was hat er mit dir angestellt?«

Der Mann am Boden stöhnte, stieß ein bellendes Husten aus.

Julia tastete nach ihm, zuckte zurück. »Du glühst ja.«

»Ich hab seit Tagen Fieber«, gab er zurück. »Er hat mir einen Finger und ein Stück meines Ohrs abgeschnitten, die Wunden immer wieder aufgerissen, damit sie frisch bluten. Der Typ ist ein Schwein, das sich an den Schmerzen anderer ergötzt.«

»Ich weiß«, sagte Julia erschüttert. »Er hat mir beides geschickt, damit ich denke, dass er das meinem vermissten Mann angetan hat. So konnte er sichergehen, dass ich kooperiere.«

Julia spürte, wie eine eisige Kälte von ihr Besitz ergriff. »Und er fügt dir diese Verletzungen auch nicht aus Spaß, sondern ganz bewusst zu«, sagte sie tonlos. »Er will verhindern, dass die Wunden zuwachsen, damit die Polizei nicht mehr nachweisen kann, wann genau sie dir zugefügt worden sind.«

»Aber warum?«, fragte Clarissa. »Was hat er vor?«

»Ich hab keine Ahnung«, gab Julia zurück, obwohl sie sich sehr wohl denken konnte, wie ihr Part in diesem Albtraum aussehen würde.

»Ich denke, ich weiß, wo wir sind«, kam es plötzlich von Clarissa. »Er hat mir zwar die Augen verbunden, doch ich hab etwas gerochen. Und er hat recht. Hier bekommt keiner so schnell mit, was vor sich geht.

Er hat uns in den alten Bunker mitten im Wald gebracht. Der ist eingezäunt, weil die Behörden vermuten, dass überall Blindgänger rumliegen.«

In Julias Kopf drehte sich alles. Da waren noch so viele Unklarheiten.

»Wusstet ihr, dass Sandra Selbstmord begangen hat? Dass sie sich selbst vergiftete?«

Für einen Augenblick herrschte Schweigen zwischen ihnen, dann brach Clarissa in Tränen aus. »Ich hab davon gehört. Ist schon lange her und ich hab seither immer wieder an sie denken müssen. An das, was wir getan haben.«

»Ich hab es erst Jahre später erfahren«, sagte Marco. »Das war, als ich seit Langem mal wieder auf der Insel war und Vally getroffen habe. Sie hat es mir erzählt und ich denke, dass sie nur schwer damit klarkam. Sie sah furchtbar aus, abgemagert. Und sie hat gesagt, dass sie Alkoholikerin sei und Tabletten nehmen müsse, um überhaupt mit der Schuld leben zu können. Ich hab mir damals echt Sorgen um sie und um uns gemacht, aber sie versicherte mir, dass sie dichthalten würde.«

Julia seufzte. Ihr war klar, was das bedeutete. »Valerie hat damals das einzige Beweismittel verschwinden lassen, das Sandras Version der Geschichte bestätigt hätte.« Sie stieß die Luft aus.

»Denkst du, dass Valeries Unfall gar keiner war?«, fragte Clarissa.

»Wäre möglich«, gab Julia zurück.

»Vielleicht hat sie ja doch mit jemandem über alles geredet«, kam es von Marco.

»Und dieser Jemand hat es weitererzählt, bis Sandras Bruder irgendwann Wind davon bekam«, mutmaßte Julia.

»Vally hatte ein ziemliches Alkoholproblem in den Monaten, bevor sie starb. Er musste sie also nur beobachten und zuschlagen, sobald sie wieder mal total besoffen war. Meist betrank sie sich in irgendwelchen Kneipen, Zeugen für ihren Zustand gab es also genug. Außerdem hatte sie meistens ihr Fahrrad dabei, alle würden denken, sie sei gestürzt.«

»Aber in Wahrheit hat er ihr das Genick gebrochen …«, vollendete Clarissa die düstere Theorie.

Julia schluckte. »Gar nicht so abwegig oder?«

»Anschließend musste er nur noch sie und ihr Rad zu einer geeigneten Stelle bringen, sie so hinlegen, dass alles nach einem Unfall aussieht.« Sie räusperte sich. »Was für ein Scheißkerl.«

»In seinen Augen hatte sie es verdient - besser gesagt wir alle«, sagte Clarissa kleinlaut.

Julias Hals verengte sich. »Weil wir mit unserer Lügengeschichte seine komplette Familie ausgelöscht haben.«

»Sandras Mutter war vorher auch schon depressiv«, kam es halbherzig von Marco.

»Schönrederei«, schoss Julia zurück. »Sie war psychisch krank und machte deswegen eine Therapie. Und dann wurde ihre Tochter als Mörderin verurteilt.

Das hat sie nicht verkraftet. Deswegen ist sie gegen den Baum gefahren. Und deswegen ist auch der Vater von Sandra wenig später gestorben. Ich denke, ihnen war alles zu viel, sie verkrafteten das nicht – und dafür sind wir verantwortlich. Weil wir die Tochter der beiden mit unseren Lügen hinter Gitter brachten, anstatt die Wahrheit zu erzählen.«

»Und was genau ist die Wahrheit?«, fragte eine bedrohlich klingende Stimme aus der Dunkelheit und brachte sie alle drei zum Aufschreien.

Julia fasste sich als Erste wieder.

Sie schluckte gegen die Angst an, stand auf, ging auf die Stimme zu, obwohl ihre Beine bei jedem Millimeter, den sie sich dem Mann näherte, nachzugeben drohten.

Als sie vor dem Gitter stand, blieb sie stehen, starrte die Umrisse von Sandras Bruder an.

»Die Wahrheit ist, dass ich nicht dabei war. Ich habe nicht gesehen, was wirklich passiert ist und trotzdem gelogen. Ich habe die Geschichte meiner Freunde vor der Polizei und später auch vor Gericht bestätigt, obwohl ich wusste, dass alles gelogen war.«

Der Mann nickte, kam näher, blieb ganz dicht vor ihr stehen. Er hob die Hand und Julia bemerkte, dass er ihr einen länglichen Gegenstand entgegenstreckte. Es klickte, kurz darauf wurde es hell.

Julia kniff die Lider zusammen, öffnete sie sofort wieder. Sie musste ihm ins Gesicht sehen, herausfinden, ob sie mit ihrer Annahme richtig lag.

»Sag, was damals wirklich passiert ist! Ich will es aus deinem Mund hören.«

Julia nickte schwach, blinzelte ein paar Mal, sah ihn an. In ihr krampfte sich alles zusammen. Da war nichts Menschliches in seinen Augen, nur purer und abgrundtiefer Hass kombiniert mit tiefer Trauer und Verzweiflung. Julia wurde klar, dass sie einem Menschen gegenüberstand, der nichts mehr zu verlieren hatte.

Sie räusperte sich.

»Alles war Pauls Idee. Er wollte Sandra bloßstellen. Eine Vergewaltigung fingieren und sie demütigen. Es sollte nicht so enden. Er wollte sie nur ein bisschen erschrecken, damit sie begreift, dass sie dem Falschen ans Bein gepinkelt hat.« Sie brach ab, schnappte nach Luft. »Den Rest weiß ich nur, weil die anderen es mir so erzählt haben. Sandra hatte auf einmal ein Messer in der Hand und hat es Paul, ohne zu zögern, in den Hals gestochen. Sie muss das alles für bittere Realität gehalten und um ihr Leben gefürchtet haben, wollte sich verteidigen.« Julia brach in Tränen aus, als alles wieder auf sie einströmte. »Paul ist noch am Ort des Geschehens gestorben und Sandra hat daraufhin Panik bekommen. Sie ist weggelaufen und weil die anderen da mit drinhingen, die ganze Situation aus ihren Verstecken mit angesehen hatten, mussten sie sich eine Geschichte einfallen lassen, bei der sie nicht als mitschuldig galten.«

Sandras Bruder nickte.

»Ihr habt die Maske verschwinden lassen. Das einzige Beweismittel, das Sandra da rausgeboxt hätte. Und ihr habt behauptet, dass Paul sie nur ein bisschen veralbern wollte. Ihr habt gesagt, er wollte es so aussehen lassen, als sei er ihr gefolgt, um ihr einen Knutscher aus dem Kreuz zu leiern. Und wenn sie mitgemacht hätte, wollte Paul sie wegstoßen und ihr sagen, dass er noch nie so einen beschissenen Kuss bekommen hätte. Anschließend solltet ihr aus euren Verstecken kommen und sie auslachen. Eine harmlose Sache eigentlich, bis sie aus dem Nichts auf Paul eingestochen hat.«

Julia fühlte sich unter dem stahlharten Blick des Mannes wie ein Wurm, aber ihr blieb nichts anderes übrig, als zu nicken, denn er hatte absolut recht.

»Das Schlimme ist, dass du damals gar nicht dabei warst. Sandra hat immer wieder beteuert, dass du nichts gesehen haben kannst, doch du hast behauptet, ebenfalls dort gewesen zu sein. Du hast gesagt, dass es genau so war, wie die anderen behaupten, und weil dein Vater auf der Insel sehr angesehen war, maß man gerade deiner Aussage die größte Bedeutung bei.« Er hielt inne, schüttelte den Kopf. »Mit euren Lügen habt ihr mein Leben zerstört, meine Familie. Und ihr habt meine Schwester getötet. Sie hat es nie verkraftet, dass keiner ihr glauben wollte. Selbst unsere Eltern dachten irgendwann, dass es so gewesen sein musste, wenn doch so viele Zeugen dasselbe behaupten. Sie dachten, Sandra sei so wahnsinnig wütend gewesen, wegen des

Umzugs hierher und weil sie keinen mehr hatte, all ihre Freunde in Berlin zurücklassen musste. Sie dachten, dass sie deswegen die Nerven verloren habe. Und selbst ich hab es eine Zeit lang sogar geglaubt.« Er brach ab, rieb sich mit der freien Hand übers Gesicht. »Als Sandra freikam, war sie nicht mehr dieselbe. Wir hatten nur noch uns beide, aber sie ging mir trotzdem aus dem Weg. Sie wusste, dass selbst ich ihr nicht glaubte, und ich vermute, das war der ausschlaggebende Punkt für ihren Suizid. Ihr war klar, dass es nichts gab, das für sie alles wieder in Ordnung gebracht hätte. Sie wusste, dass sie für den Rest ihres Lebens als Mörderin gelten und nie eine echte Chance für einen Neubeginn bekommen würde und dass unsere Eltern dieses Wissen sogar mit ins Grab genommen hatten.«

Er seufzte leise. »Beinahe wärt ihr alle damit durchgekommen, bis ich eines Tages eure Freundin Valerie aufgesammelt habe. Sie war total durch den Wind, besoffen, mit Drogen zugedröhnt. Ich glaube, sie wusste, wer ich bin, denn sie fing plötzlich zu reden an. Hat mir erzählt, was damals wirklich passiert ist, und dass sie das einzige Beweismittel vernichtet hat. In dem Moment wurde mir klar, dass meine Schwester die ganze Zeit über die Wahrheit gesagt hat und im Wissen gestorben ist, dass nicht einmal ich ihr geglaubt habe.«

Er schaltete die Taschenlampe aus und Julia beobachtete, wie er sie sich in den Bund seiner Hose steckte, die Gittertür aufschloss und zu ihnen in den Kellerraum kam. Dann schaltete er die Taschenlampe wieder ein, leuchtete zuerst Marco ins Gesicht, dann Clarissa und schließlich ihr.

»Ich hab lange überlegt, wie ich mit meinen neu erworbenen Erkenntnissen umgehen soll. Und schließlich kam mir die Idee, dass ich euch spüren lasse, was Sandra durchmachen musste. Bei Valerie sind mir leider die Nerven durchgegangen, doch rückblickend wünschte ich, sie wäre ebenfalls hier.« Er seufzte, griff hinter sich in seinen Hosenbund, hatte plötzlich eine Waffe in der rechten Hand.

Clarissa und Marco schrien gleichzeitig auf, wichen zurück, bis sie beide mit dem Rücken eng an die Wand gepresst dasaßen.

»Sie haben mir versprochen, dass Sie mich gehen lassen, wenn ich Ihnen helfe. Und ich hab alles genauso gemacht, wie Sie es verlangten.« Sie schluchzte inzwischen hemmungslos, griff nach Marcos Hand, drückte sie. Julia sah, dass es seine verletzte Hand war, die Clarissa quetschte, doch er verzog keine Miene.

»Ich hab gesagt, ich würde dich gehen lassen«, erklärte Sandras Bruder und sah beide mit einem boshaften Grinsen an. Er entsicherte die Waffe mit einer geübt wirkenden Daumenbewegung, richtete sie auf Marcos Kopf, drückte ab.

Einen Moment lang schien die Zeit stillzustehen, dann brach das Chaos aus. Blut und Gehirnmasse spritzten auf Clarissa, die wie am Spieß um ihr Leben schrie und versuchte, sich mit den Händen vor dem nächsten Schuss zu schützen. »Sie haben es mir versprochen«, heulte sie panisch. »Sie haben gesagt …«

»Maul halten«, unterbrach er sie barsch. »Ich weiß genau, was ich gesagt habe. Ich sagte, ich würde dich gehen lassen. Und das werde ich auch. Ich lasse dich ins Licht gehen.« Er stieß ein irre klingendes Lachen aus, drückte erneut ab. Julia war wie erstarrt. Sie sah, wie die Kugel durch das rechte Auge in den Kopf ihrer ehemaligen Freundin eindrang und eine Spur der Verwüstung hinterließ.

Sie sackte auf die Knie, senkte ihren Blick auf den Boden. Sie wollte nicht mitbekommen, wann es bei ihr so weit war, wollte nur noch, dass er es hinter sich brachte. Sie dachte ein letztes Mal an ihren Mann, hoffte, dass er okay war, dachte an Marie, die, wenn alles gut ginge, ihr ganzes Leben noch vor sich hatte.

Doch nichts passierte.

Kein Schuss.

Stattdessen hörte sie ein leises Rascheln und riss verwundert den Kopf hoch. Er hatte die Taschenlampe in seinen Hosenbund gesteckt, sodass sie direkt auf seine Hände leuchtete, und putzte mit einem Tuch die Waffe ab.

»Was soll das?«, fragte sie ihn. »Was machen Sie da?«

»Ich beseitige alle Spuren, die auf mich hinweisen.

Wenn die Polizei eintrifft, wird alles so aussehen, als seist du ausgetickt.«

»Ich verstehe das nicht.«

Er sah sie an, legte den Kopf schief. »Ich habe dich für schlauer gehalten. Aber okay, ich erkläre es dir noch mal.« Er umklammerte die Waffe mit dem Tuch, legte sie vor sich auf den Boden, stieß sie mit dem Fuß in ihre Richtung. »Es gibt nur zwei Optionen für dich: leben oder sterben. Und im Gegensatz zu den anderen beiden lasse ich dir die Wahl. Du kannst die Waffe nehmen und mich erschießen, dann kommst du davon. Oder du weigerst dich und stirbst.«

Julia schüttelte den Kopf. »Ich weiß, was Sie … was du vorhast. Du willst es aussehen lassen, als sei ich das alles gewesen. Aber dein Plan wird nicht aufgehen. Die Polizei wird wissen, dass du das alles getan hast.«

Er lachte, stieß die Luft aus. »Da wäre ich mir nicht so sicher, denn ich hab an alles gedacht. Ich habe beim Teasern darauf geachtet, den Strom so niedrig wie möglich einzustellen, damit man nichts sieht. Falls doch, wird es danach aussehen, als hätte ich lediglich versucht, dich von deinem kranken Vorhaben abzuhalten und auszuknocken. Außerdem hab ich dir deine vollgepisste Hose ausgezogen und gegen eine frische getauscht. Ich hab alles in die Maschine deiner Mutter getan, damit es aussieht, als hättest du nur Wäsche gewaschen. Und das hier … Er hob die Hände. »Die Waffe hab ich auf dem Schwarzmarkt gekauft. Sie ist nicht zurückzuverfolgen. Jeder könnte sie gekauft haben, selbst du.«

Julia schluckte. »Meine Fingerabdrücke sind nicht auf dem Griff.«

»Das werden sie sein, hab keine Sorge.« Er lachte.

»Wie ich schon sagte, es macht keinen Unterschied. Wenn du mich tötest, sind deine Abdrücke drauf, und selbst wenn du sie wegwischen solltest, wird klar sein, dass du geschossen hast. Und wenn du dich weigerst, erschieße ich dich, säubere sie erneut und lege sie deiner Leiche in die Hand. Ich werde der Polizei erzählen, dass ich dich davon abhalten wollte, aber leider zu spät gekommen bin. Du siehst also – ob du stirbst oder nicht, macht wirklich keinen Unterschied. Am Ende werden sie dich dafür verantwortlich machen und denken, du hast es getan, weil du nicht länger mit deiner Schuld leben konntest, genau wie damals Sandra. Du wirst dasselbe sein wie meine Schwester – von der Gesellschaft ausgegrenzt und verachtet, notfalls eben erst über deinen Tod hinaus.«

»Sebastian und Marie – sie wissen, dass du hinter allem steckst.«

Er grinste. »Bist du da absolut sicher? Schließlich warst du es doch, die bei der Polizei angerufen und die Koordinaten durchgegeben hat. Du selbst hast sie zu deinen beiden Entführungsopfern geführt.«

»Aber ich hab sie nicht entführt. Ich weiß gar nicht, wo beide waren.«

»Sie waren in einem von dir selbst gemieteten

Container in Berlin. Du hast ihn telefonisch bereits vor zwei Wochen gemietet und ihn in bar bezahlt. Und du hast das Geld von einem Kurier zum vereinbarten Treffpunkt bringen lassen. Alles ist dokumentiert und läuft auf deinen Namen. Da gibt es nichts dran zu rütteln.«

»Sebastian weiß, dass ich ihn nicht in diesen Container gesperrt habe.«

»Dein Mann weiß überhaupt nicht, wie er dorthin gekommen ist. Ich habe ihn am Morgen der Hochzeit in seinem Wagen betäubt, er hat mich nicht mal bemerkt, geschweige denn gesehen. Und die kleine Marie genauso wenig. Für die Polizei wird es aussehen, als sei die Entführung der beiden eine Art Ablenkungsmanöver gewesen, um deinen Plan zu Ende zu bringen. Du hast deinen Mann aus der Schusslinie geschafft, sein Blut abgezapft und es in der Kirche über das vollkommen verängstigte Blumenmädchen geschüttet, um die Polizei zu verwirren. Alles passt haargenau zusammen, denn es ging drunter und drüber in der Kirche, du warst unzählige Male draußen vor der Tür, um nach deinem Mann zu sehen, warst etliche Male auf der Toilette – hattest also genug Gelegenheiten, ein kleines Mädchen zu betäuben und anschließend im Kofferraum deines B-Max verschwinden zu lassen. Deine Schwester wird aussagen, dass ihr nach der Kirche zwar in deinem Wagen weggefahren seid, aber da sie vom Rücksitz aus nicht gesehen haben kann, was im Kofferraum war und was nicht, wird mir auch das direkt in die Karten spielen.«

Julia schüttelte den Kopf. »Und deine Drohbriefe an mich? Die werden alles ans Licht bringen!«

»Die Briefe hab ich verschwinden lassen. Genau wie den Finger und das Ohr von deinem toten Freund hier. Seine Wunden sind frisch, keiner merkt, dass ich sie ihm beigebracht habe, als du noch in Berlin gewesen bist. Stattdessen habe ich Clarissa von einem Prepaid-Handy aus eine Nachricht geschickt. Die Nachricht enthielt nur das Foto von Marco mitsamt seiner Blessuren und die Aufforderung, hierher zu kommen. Auf dem Handy befinden sich ebenfalls deine Fingerabdrücke, genau wie überall auf Marco und Clarissa sowie auf der Gartenschere, die die Polizei in der Gegend um den Bunker finden wird. Und solange Marcos abgeschnittene Überreste nicht auftauchen – und das werden sie nicht –, sieht es ziemlich schlecht für dich aus.«

Julia fühlte sich, als würde ihr Kopf jeden Augenblick explodieren. Verzweifelt versuchte sie, ein Logikloch in seinem Plan zu entdecken, doch da war keines. Er hatte wirklich an alles gedacht.

Ein Gedankenblitz durchfuhr sie. Ein kleiner Funken Hoffnung darauf, dass er doch nicht an alles gedacht hatte. »Warum jetzt?«, stieß sie hervor. »Warum sollte ich all das gerade am Tag meiner Hochzeit getan haben?«

»Weil du die Nerven verloren hast. Alle werden das

denken. Du standest kurz vor deinem großen Tag, als du dahinterkamst, dass Sebastian darüber Bescheid weiß, was ihr meiner Familie angetan habt. Diese Anspannung vor der Hochzeit, die Tatsache, dass dein Mann alles wusste – das ist dir zu viel geworden und du bist durchgedreht.«

»Aber er wusste es nicht! Ich habe niemals mit ihm darüber geredet.«

Er lachte. »Du vielleicht nicht, ich aber schon. Und sei dir sicher – er wusste alles darüber. Hat überall nach Berichten über diese Sache gesucht. Die Polizei wird also denken, dass du seine Internetaktivitäten ausspioniert hast und so darauf gekommen bist, dass er es weiß.«

»Wieso hast du ihn da mit reingezogen?«

»Weil ich ihn brauchte, um das alles durchzuziehen. Ich hab ihn angerufen, das war ein paar Tage vor der Hochzeit, ihm gedroht, dass ich diese ganze Geschichte an die Öffentlichkeit bringe, sollte er dir oder der Polizei von meinem Anruf erzählen. Zuerst hat er mir nicht geglaubt, doch dann fing er bereits während unseres Telefonats an, über den Fall meiner Schwester zu recherchieren und da hatte ich ihn. Erst recht, als ich meine Lüge auftischte, dass ich von Valerie weiß, wo die Maske ist, das gesuchte Beweisstück. Ich sagte ihm, dass ich von jedem der damals Beteiligten zwanzigtausend Euro haben will, um ein neues Leben anfangen zu können, nachdem das Haus wegen des Images meiner Schwester quasi unverkäuflich ist. Ich hab ihm erzählt, dass ich versucht habe, Kontakt zu dir aufzunehmen, dass du aber immer aufgelegt hast. Und ich hab es ihm so verkauft, dass diese Reaktion auf deine Schuldgefühle zurückzuführen ist. Genau wie die Tatsache, dass du Usedom seit Jahren weitestgehend gemieden hast. Für ihn muss sich alles nachvollziehbar und absolut plausibel angehört haben, deswegen hat er schließlich bezahlt. Er hat sich einen Teil des Geldes von einem Kumpel geliehen, den Rest von der Bank aufgenommen, hat mir alles überwiesen. Außerdem dachte er, dass Marco und Clarissa ebenfalls bezahlen wollen.«

»Aber das haben sie nicht«, sagte Julia resigniert. »Diese Erpressung war nur fingiert, damit du noch mehr gegen mich in der Hand hast. Du hast Marco und Clarissa nie angerufen, stimmts? Aber jetzt wird es so aussehen, als wäre ich dahintergekommen, dass mein Mann erpresst wird, und Bescheid weiß, ich deswegen ausgetickt bin. Und du kannst es, falls du überlebst, so drehen, dass du wirklich nur ein Erpresser bist und mitbekommen hast, dass Marco und Clarissa nicht mehr erreichbar sind, obwohl sie eigentlich bezahlen wollten. So bist du auf mich und meinen Plan gekommen, beide zu töten, und wolltest mich davon abhalten.«

Er grinste belustigt. »Wie ich schon sagte, du hast keine Wahl. Wenn ich dich töte, wird trotzdem alles nach Selbstmord aussehen. Ich sage einfach, dass ich zu spät gekommen bin, ihr drei bereits tot wart, als ich ankam. Und selbst wenn du dich entschließen solltest, mich zu töten, werden alle denken, dass du mich entweder erschossen hast, um mir alles in die Schuhe zu schieben, oder weil ich dich bremsen wollte. Egal wie – du wirst hinter Gittern landen. Klar, mit viel Glück und engagierten Polizisten vielleicht nur für kurze Zeit, weil es durchaus noch einige Unklarheiten und kaum Beweise für deine hundertprozentige Schuld gibt, aber dein Ansehen wird hinüber sein, deinen Beruf kannst du dir ebenfalls in die Haare schmieren. Du wirst vielleicht freikommen, doch was hast du dann noch, nachdem wochenlang in allen Medien darüber spekuliert wurde, ob du eine Mörderin bist oder nicht?« Er grinste überheblich, kam zu ihr, setzte sich im Schneidersitz so hin, dass die Waffe zwischen ihnen genau in der Mitte lag. »Bereit zu sterben?«, fragte er sie und ließ seine Schultern kreisen. »Also ich wäre so weit. Auf drei?« Er zwinkerte ihr schmunzelnd zu, wurde schlagartig wieder ernst.

In ihr verkrampfte sich alles.

Sie wollte nicht sterben.

Nicht so.

Nicht hier.

Nicht heute.

Aber sie wollte auch nicht ins Gefängnis.

Oder ihren Ruf verlieren.

Ihren Mann. Oder schlimmer noch, ihre Familie.

Julia schloss für den Bruchteil einer Sekunde die Augen, öffnete sie wieder, sah ihn an.

»Bitte«, versuchte sie es ein letztes Mal. »Es tut mir so leid, ich werde alles tun, um …«

»Eins«, unterbrach er sie und seine Stimme zitterte vor Anspannung.

Ihr Herz begann zu rasen, der Schweiß brach ihr aus.

»Zwei.«

Julias Muskelfasern begannen zu vibrieren und zu zucken. Sie sah plötzlich alles nur noch wie durch einen Tunnel. Den Bruder der Frau, deren Leben sie ruiniert hatte, ihre beiden toten Freunde, all das Blut. Wollte sie so enden?

»Dr…«

Der Knall ertönte, da hatte er das Wort drei noch gar nicht ausgesprochen. Julia starrte wie benommen auf seinen Kopf, der nach hinten wegklappte, beobachtete das viele Blut, das überall herumspritzte und sich auf ihre Klamotten und über die Wände und auf den Boden ergoss. Sie senkte den Blick, sah wie benommen auf die Waffe in ihrer Hand. Sie hatte es getan. Sie hatte tatsächlich einen Menschen erschossen. Tränen traten ihr in die Augen. Sie wollte gerade aufstehen, als sie Schritte hinter sich hörte. »Polizei! Legen Sie die Waffe weg! Sofort!« Sie wirbelte herum, schüttelte verwirrt den Kopf. Ein weiterer Knall ertönte. Ein furchtbarer Schmerz jagte durch ihre rechte Schulter. Sie spürte, wie ihr die Waffe aus den Händen glitt und sie zur Seite kippte. Dann war es vorbei.

17

JETZT

»Sind Sie wach? Verstehen Sie mich?« Die Stimme hörte sich an, als spräche jemand wie durch Watte zu ihr. Sie blinzelte, stöhnte, weil das Licht sie blendete.

»Wo bin ich?«, brachte sie mühsam hervor und wollte sich aufsetzen, doch etwas hielt sie davon ab. Eine Art eiserner Klammergriff um ihr linkes Handgelenk. »Sie können nicht aufstehen«, erklärte ihr die Stimme sanft. »Ich hab versucht, die Polizei davon abzuhalten, sie am Bett festzuketten, doch wie es aussieht, besteht bei Ihnen wohl akute Fluchtgefahr.«

Julia riss die Augen auf, stöhnte, als der Schmerz in ihrem Kopf explodierte. Sie biss sich auf die Lippen, konzentrierte sich darauf, gegen den Brechreiz anzuschlucken, der sie zu überwältigen drohte.

»Sie hatten großes Glück«, erklärte ihr der junge

Arzt währenddessen und machte sich an dem neben ihrem Bett stehenden Infusionsständer zu schaffen. »Die Polizei musste wohl auf Sie schießen, hat aber nur Ihre Schulter erwischt. Es war ein glatter Durchschuss, deswegen mussten Sie nicht notoperiert werden. Ihre Schulter wird bestimmt wieder, aber das hätte echt böse enden können.«

Julia schluckte.

Sie fragte sich, wie es sein konnte, dass überhaupt auf sie geschossen worden war. Die Polizei konnte von all dem noch gar nichts gewusst haben oder doch?

Ihr ging auf, dass Sandras Bruder selbst bei ihnen angerufen und sie vorgewarnt haben musste. Deswegen waren die Kripobeamten ihr gegenüber schon nicht mehr neutral eingestellt gewesen. Sie hatten sie als Gefahr eingestuft und als sie sie mit der Waffe in der Hand hatten sitzen sehen …

Sie seufzte.

Der elende Scheißkerl hatte wirklich an alles gedacht.

»Mein Mann?«, stieß Julia aus. »Ich muss ihn sprechen.«

Der Arzt nickte. »Draußen warten ein paar Leute seit Längerem darauf, dass Sie wach werden. Wenn Sie wollen, schicke ich sie rein.«

Julia nickte dankbar, kämpfte gegen die Tränen an.

Nachdem der Arzt gegangen war, ertönte ein kurzes Klopfen, dann streckte ihre Mutter den Kopf zur Tür rein. Sie sah mitgenommen aus, wirkte vollkommen entkräftet und Julia hoffte von ganzem Herzen, dass sie wieder zu ihrer früheren Form zurückfand. Ihr folgten Sabrina und Jan, doch von ihrem Mann war weit und breit nichts zu sehen.

In ihr krampfte sich alles zusammen. »Wo ist Sebastian?«, rief sie und konnte nicht verhindern, dass ihre Stimme schrill vor Panik klang.

»Er ist okay, aber ich glaube, der hat erst mal die Nase voll von dir, was ich irgendwie verstehen kann.« Jan sah sie mit einem Blick an, der besagte, dass er ihr am liebsten wehtun würde, ignorierte den beschwichtigenden Blick seiner Frau.

»Hört zu«, begann Julia und spürte, wie das Schmerzmittel ihre Stimme verwaschener klingen ließ. »Ich war das alles nicht. Er hat alles geplant, wegen dem, was mit Sandra damals geschehen ist. Das alles ist Teil seines Racheplans. Das müsst ihr mir glauben.«

Sabrina sah sie durchdringend an, seufzte schwer. »Aber er ist tot. Und du hast ihn erschossen. Und es sieht ganz danach aus, als hättest du auch die anderen ...« Ihre Schwester brach ab, fing an zu weinen.

»Was Sabrina dir sagen wollte, ist, dass, sollte sich tatsächlich herausstellen, dass du diese Menschen auf dem Gewissen hast, wir fertig mit dir sind. Genau wie dein Mann. Ich soll dir von ihm ausrichten, dass er dich vorerst auch nicht besuchen kommt. Er muss das alles erst mal verdauen. Die Morde und diese furchtbare Geschichte mit Sandra Wagners vorgetäuschter Vergewaltigung damals und eure Falschaussagen, die eine unschuldige Familie ins Unglück stürzten. Dann kommen noch die Erpressung dazu, die Entführung und das mit seinem Kumpel. Dein Mann … er ist vollkommen durch den Wind. Er braucht etwas Abstand von dir und Zeit, damit fertigzuwerden. Und uns geht es genauso. Das alles ist einfach … zu viel, verstehst du? Und zu guter Letzt noch Marie. Sie ist immer noch total am Ende.«

»Ich hab meiner Nichte das nicht angetan. Und auch meinem Mann nicht. Das war er, Sandras Bruder.«

»Aber alles wurde auf deinen Namen gebucht, mein Kind«, brachte ihre Mutter erstickt hervor. »Und selbst wenn du tatsächlich nichts davon gewesen sein solltest, wird es ewig dauern, bis die Polizei alles entschlüsselt hat. Und so lange wollen sie dich in Untersuchungshaft behalten, weil sie verhindern wollen, dass du noch mal verschwindest.«

Julia sah zu ihrer Mutter. »Glaubst du mir wenigstens? Oder denkst du auch, dass ich eine Mörderin bin?«

Die Schultern ihrer Mutter sackten noch ein Stück tiefer. »Ich weiß nicht mehr, was ich denken soll, meine Kleine. Aber ich bin absolut sicher, dass du die ganze Zeit über dachtest, das Richtige zu tun, das macht es – zumindest mir – etwas leichter.«

Ein Klopfen ließ sie alle zusammenzucken. Die Tür

ging auf und die Polizistin, die Julias Aussage vor ein paar Tagen aufgenommen hatte, steckte ihren Kopf ins Zimmer. »Ich müsste dringend mit Frau Stecher sprechen«, erklärte sie streng und verzog auffordernd das Gesicht. »Allein!«

EPILOG

ZWEI WOCHEN SPÄTER

Heute war der Tag, an dem Julia Stecher aus dem Krankenhaus entlassen und sofort in Untersuchungshaft überführt werden sollte. Elke seufzte. Sie hatte erst gestern wieder mit der jungen Frau gesprochen und sich deren Version der Ereignisse bestimmt zum zehnten Mal in Folge angehört. Und obwohl die Indizien und Beweise gegen Julia sprachen und ihr gesamtes Team die junge Frau als die Schuldige in dieser Geschichte sah – vielleicht auch sehen wollte –, kam sie selbst nicht umhin, zuzugeben, dass sie Julia Stecher glaubte. Oder ihr zumindest glauben wollte. Sie konnte nicht genauer definieren, woran es lag, dass sie ihren Worten so viel Beachtung schenkte, doch es musste etwas in Julia selbst sein, ein Teil ihrer Ausstrahlung vielleicht oder etwas in ihren Augen, das Elke sagte, dass Julia keine Frau war, die einfach so drei Menschen getötet hatte, wenn man den damaligen

Fahrradunfall der ehemaligen Schulfreundin rückblickend genauer unter die Lupe nahm, vielleicht sogar einen vierten …

Zwar hatte Julia mit ihren Freunden damals das Leben einer Klassenkameradin unwiderruflich zerstört und somit auch das Glück deren Familie, jedoch lagen nach Elkes Meinung Welten zwischen den Lügen einiger junger Leute und diesen jüngst geschehenen Morden.

Doch so haarsträubend diese beiden Geschichten auch miteinander verknüpft schienen, wenn es so war, wie Julia behauptete und der echte Täter durch ihre Hand in Notwehr gestorben war, so stand dennoch ihr Wort gegen das eines Toten und all jenen Beweisen, die eindeutig sie als Drahtzieherin des Ganzen deklarierten. Sicher ergab auch Julias Variation der Geschichte einen Sinn, denn Thomas Wagners Vergangenheit und das Schicksal seiner Familie ergaben definitiv ein nachvollziehbares Tatmotiv.

Allerdings waren nicht seine, sondern Julias Fingerabdrücke überall auf den Beweismitteln sichergestellt worden. Und auch alles andere sprach gegen sie. Dabei hatte Elke wirklich alles versucht, um Julias Unschuld beweisen zu können. Die geplatzte Hochzeit beispielsweise. Julia hatte angemerkt, dass es gar nicht sein könne, dass sie Lea das Blut von Sebastian übers Kleid geschüttet habe, ohne sich dabei selbst zu beschmutzen oder von ihr gesehen zu werden. Genau wie sie Maries Entführung zeitlich nicht hätte bewerkstelligen können. Doch auf ihre Argumente folgten neuerliche Befragungen und plötzlich erinnerte sich jeder daran, die Braut unzählige Male gesehen zu haben, wie sie nach draußen gegangen war.

Julia hatte beteuert, dass sie wegen der Aufregung etliche Male zur Toilette gemusst und auch immer wieder nach Sebastian Ausschau gehalten habe, doch unter diesen Umständen und in Anbetracht der vielen Leute sowie des Gewusels in der Kirche ließ sich das nicht mehr eindeutig nachvollziehen. Was Lea anging, hatte die endlich angefangen zu reden und ihnen erzählt, dass jemand sie auf der Toilette hinterrücks überwältigt und ihr etwas aufs Gesicht gepresst hatte, damit sie nichts sehen konnte. Also würde auch ihre Aussage vor Gericht Julia eher schaden als nützen.

Selbst der Friseurtermin der Braut am Morgen der Hochzeit galt nicht als Alibi, weil Sebastian sich erinnerte, dass er um kurz nach sechs Uhr überfallen worden war, Julias Termin aber erst gegen acht stattgefunden hatte.

Elke seufzte, klappte die Akte zu. Der Hefter hatte inzwischen die Ausmaße eines Wälzers, trotzdem war kein Land in Sicht. Julia selbst hatte es neulich gesagt, die einzigen Beweise, die ihre Unschuld anhand von Fakten beweisen könnten, wären die abgetrennten Körperteile von Marco, die der Täter ihr hatte zukommen lassen. Doch diese waren nach wie vor verschwunden und die Zeit bzw. der Verfall arbeitete diesbezüglich gegen sie beide. Selbst bei der Obduktion konnte der Pathologe Julias Aussage nicht bestätigen, da die Wunden keinerlei Anzeichen älterer Verletzungen aufwiesen.

Sie stand auf, zog sich ihr Jackett vom Stuhl, verließ ihr Büro. Sie hatte Julia versprochen, dabei zu sein, wenn sie sie abholen kämen.

Und sie hatte sich auch schon ein paar nette, hoffnungsvolle Worte zum Trost der jungen Frau zurechtgelegt, auch wenn ihr klar war, dass Julia das nicht viel nützen würde, sie deren minderen Wahrheitsgehalt vielleicht sogar durchschaute.

Elke stieg in ihren Wagen und fuhr los. Sie versuchte, ihre Gedanken wenigstens während der Fahrt zum Krankenhaus von dem Fall wegzulenken und an etwas anderes zu denken, doch das gelang ihr nicht. Allein beim Gedanken, dass Julia für drei Morde ins Gefängnis kommen könnte, die sie nie begangen hatte, überfiel sie ein eisiger Schauer.

Sicher – eines Tages würden sie die Wahrheit irgendwie doch noch ans Licht bringen, das taten sie immer, doch würde diese Wahrheit Julia Stecher dann noch etwas nützen? Wäre es nicht längst zu spät? Ganz davon abgesehen, dass manche Menschen bereits nach kurzer Zeit hinter Gittern aufgaben und verrückt wurden, kam in diesem Fall noch dazu, dass sämtliche Medien über den damaligen Fall und die damit verknüpften neuen Morde berichteten, Julias Bild überall ständig präsent war und sie, selbst wenn sie irgendwann freigelassen würde, nie wieder einen Fuß auf den Boden bekäme. Sie und ihre problembehaftete Persönlichkeit würde nie wieder einen Job als Journalistin finden. Sie würde nie wieder einen so guten Draht zu ihrer Familie haben, weil die Geschehnisse, selbst wenn sich ihre Version der Geschichte irgendwann als richtig herausstellte, dennoch ihre düsteren Schatten über der Familie ausgebreitet hätte und so etwas immer auf das Miteinander abfärbte. Und zu guter Letzt kam noch Julias auf der Kippe stehende Ehe hinzu. Die junge Frau hatte ihr erzählt, dass ihr Mann sie kein einziges Mal im Krankenhaus besucht hatte und jeden ihrer Anrufe abwimmelte. Er weigerte sich, mit ihr zu sprechen und als Elke selbst mit ihm über Julia gesprochen hatte, konnte sie seine Abneigung gegen die eigene Ehefrau beinahe mit Händen greifen. Elke war absolut sicher, dass dieser Teil von Julias persönlicher Geschichte längst beendet war, er es bislang nur noch nicht fertig gebracht hatte, es ihr zu sagen.

Nach ihrer Ankunft auf dem Parkplatz des Krankenhauses stieg Elke aus dem Wagen, machte sich auf den Weg in Richtung Lobby. Sie war schon fast da, als die Türen aufschwangen und Julia an der Seite von zwei Polizisten herausgeführt wurde. Als Julia sie erkannte, verzog sich ihr Mund zu einem Lächeln, doch es erreichte ihre Augen nicht.

Elke schnürte sich beim Anblick der Frau der Hals zu. Sicher hatte Julia Fehler gemacht. Eine ganze Menge Fehler sogar. Zum Beispiel als sie sich damals von den anderen zu diesen Lügen hatte anstiften lassen. Und jetzt war sie dummerweise auf eigene Faust losgezogen, um Mann und Nichte zu retten, und genau das sollte ihr nun zum Verhängnis werden – wenn es tatsächlich stimmte, was Julia sagte und woran sie selbst so fest glauben wollte.

Elke schritt auf Julia zu, bat ihre Kollegen, ihr einen Augenblick Zeit zu geben.

Sie gab der jungen Frau die Hand, lächelte aufmunternd. »Auch wenn Sie mir neulich weggelaufen sind, werden Sie mich im Gegensatz zu Ihnen nicht so schnell los und ...« Elke brach ab, senkte den Blick. »Im Ernst«, erklärte sie schließlich und sah Julia wieder an. »Ich glaube Ihnen. Das tue ich wirklich. Und ich versuche alles, was in meiner Macht steht, um Ihre Version dieser Geschichte beweisen zu können. Leider hab ich David Gross bis jetzt noch nicht erreicht. Wenn er uns bestätigen sollte, dass Sie ihn beauftragen wollten, Sebastian und Marie zu finden, könnte Ihnen das vor Gericht durchaus positiv ausgelegt werden.«

Julia nickte.

Elke sah, dass die Augen der jungen Frau sich mit Tränen füllten.

»Ich meine es wirklich ernst«, bekräftigte sie ihre Worte. »Und wenn dieser Fall noch viel Arbeit bedeutet und lange Tage endloser Ermittlungsarbeit vor mir liegen – ich verspreche Ihnen, dass ich etwas finde, das Ihnen helfen wird.«

Julia nickte. »Okay«, sagte sie nur und Elke hörte an ihrer Stimme, dass etwas vorgefallen sein musste. Sie legte den Kopf schief, sah sie schweigend an.

»Er war heute da, hat gesagt, dass er die Scheidung will.« Sie hob die Schultern. »Alles passiert genau so, wie Sandras Bruder es mir vorhergesagt hat. Ich verliere alles, genau wie damals seine Schwester.«

»Vielleicht kriegt Ihr Mann sich wieder ein, wenn feststeht, dass Sie zumindest jetzt die Wahrheit gesagt haben.«

Julia schüttelte den Kopf. »Er kommt nicht zurück. Das spüre ich. Er meinte, er kenne mich gar nicht, wisse überhaupt nicht mehr, wer ich bin. Und er könne niemals damit leben, was die Leute über mich denken und hinterrücks tuscheln, selbst wenn meine Unschuld irgendwann bewiesen sein sollte.«

Elke seufzte, dann nickte sie. Im Grunde hatte sie sich so etwas schon gedacht, nachdem Sebastian Stecher seine Frau nach ihrer Verhaftung mehr oder weniger sich selbst überlassen hatte. »Sie werden trotzdem wieder auf die Füße kommen«, sagte sie optimistisch und meinte es genauso. »Irgendwann zumindest. Weil Sie stark sind. Und auf einen Ehemann, der nicht zu Ihnen steht, können Sie gut und gern verzichten, finde ich. Außerdem haben Sie noch Ihre Familie, die an Sie glaubt.«

Julia sah Elke traurig an, schüttelte den Kopf.

»Das dachte Sandra damals sicherlich auch und wurde trotzdem bitter enttäuscht – obwohl sie unschuldig war und sich lediglich in vermeintlicher Notwehr selbst verteidigt hat.« Sie brach ab, stieß die Luft hart aus, lachte bitter. »Egal«, sagte sie tonlos. »Vielleicht hab ich das alles im Gegensatz zu ihr wirklich genau so verdient.«

ENDE

NACHWORT

LIEBE LESERIN, LIEBER LESER,

ich hoffe sehr, dass Ihnen mein Beitrag zur Hard-Sequences Reihe ein paar spannende Lesestunden bereitet hat. Wenn Sie wissen wollen, was es mit dem Geheimnis um Julias beste Freundin Emily auf sich hat, dann möchte ich Sie auf das Buch »Schattenblut« von meiner lieben Kollegin Melisa Schwermer hinweisen.

Falls Sie interessiert, was für ein Problem Julias Ex-Freund Chris umtreibt, dann lesen Sie bitte das Buch »Feuerblut« meines Kollegen André Milewski. Und wenn Sie sich für den schroffen, aber sehr charismatischen David Gross interessieren, dann verweise ich nur allzu gern auf Martin Krists Buch »Höllenblut«.

Ich garantiere Ihnen, Sie werden bestens unterhalten!

Ihre Daniela Arnold

DANKSAGUNGEN

An dieser Stelle möchte wie immer all jenen danken, die mich bei der Entstehung dieses Buches unterstützt haben.

Zuerst einen besonderen Dank an die Schöpfer der Hard-Sequences Serie - Martin Krist und André Milewski - für das Vertrauen, das sie mir entgegen brachten, als sie mich fragten, ob ich bei diesem tollen Projekt mitwirken möchte. Es war mir eine Ehre und hat mir riesigen Spaß gemacht! Dank auch an Melisa Schwermer für die tolle Zusammenarbeit!

Des weiteren danke ich Designomicon | Anke Koopmann für das hübsche Kleidchen, das sie Zornesblut verpasst hat.

Ich danke wie immer der besten aller Lektorinnen – Claudia Heinen von SKS Heinen.

Besonderer Dank geht auch an meine Leserin

Sabine Kosmoll für das Aufspüren der letzten Fehlerteufel.

Zu guter Letzt geht ein heißer Dankesgruß an meinen allerliebsten Ehemann, der zwar meine Bücher nicht liest, aber zumindest nicht davon rennt, wenn ich wieder und wieder und wieder von nichts anderem rede oder schlimmer noch, gar nicht erst ansprechbar bin.

Danke auch an meinen Sohn Tim – jeder Tag mit dir mein Herz, ist ein besonderer Tag!

Und zum Schluss noch ein Dankeschön an meine Leser da draußen. Dass ihr meine Bücher kauft, leiht, lest und verbreitet freut mich wirklich sehr! Ohne euch wäre all das gar nicht möglich. DANKE!

ÜBER DIE AUTORIN

Daniela Arnold, 1974, lebt mit ihrer Familie und zwei Hunden in Augsburg. Als Journalistin hat sie viele Jahre für namhafte Magazine geschrieben. Seit 2014 schreibt sie Thriller. Bereits ihr Debüt »Lux Aeterna« schaffte es auf Anhieb in die Amazon Kindle Charts. Mit »Lügenkind« und »Scherbenbrut« folgten zwei Kindle Top 1- und Bild-Bestseller. Auch ihre weiteren Titel wurden große Erfolge.

facebook.com/ArnoldThriller
twitter.com/damati3
instagram.com/autorin.daniela.arnold

ISBN 978-3-7502-8730-3
00002
9 783750 287303
www.epubli.com

Printed in Poland
by Amazon Fulfillment
Poland Sp. z o.o., Wrocław

34248025R00145